별,
할머니,
미생물,
그리고
사랑

별,
할머니,
미생물,
그리고
사랑

펴낸날 2019년 11월 19일

지은이 이낙원
펴낸이 주계수 | **편집책임** 이슬기 | **꾸민이** 유민정

펴낸곳 밥북 | **출판등록** 제 2014-000085 호
주소 서울시 마포구 양화로 59 화승리버스텔 303호
전화 02-6925-0370 | **팩스** 02-6925-0380
홈페이지 www.bobbook.co.kr | **이메일** bobbook@hanmail.net

※ 이 도서의 국립중앙도서관 출판시도서목록(CIP)은 e-CIP 홈페이지(http://www.
nl.go.kr/cip)에서 이용하실 수 있습니다. (CIP 2019045477)

별,
할머니,
미생물,
그리고
사랑

한 인간의 삶을 통해 고찰한
인문·생물학적 생장에세이

이낙원

각자의 할머니

초등학교를 마치고 가방을 둘러메고 집으로 향하는 길이 좋았다. 주택단지를 오르는 비탈길이 고단하고, 때로는 타오르는 갈증에 지치기도 했지만, 그럼에도 집으로 가는 길은 늘 즐거웠다. 왜냐하면 집에는 할머니가 있기 때문이다. 대문을 열면 늘 할머니가 보였다. 앞마당에 할머니가 안 계시면 마루에 가방을 팽개치며 할머니를 부른다. 그래도 할머니 대답이 없으면 건물을 돌아 뒷마당으로 향한다. 그럼 영락없이 할머니가 계신다. 가끔 뒷마당에도 안 계실 때가 있다. 그렇다고 조바심이 나거나 불안해할 필요가 없다. 조금만 기다리면 할머니 목소리를 듣게 된다.

"어여 와, 두부 사 왔어. 밥 먹어."

기억 속에서 할머니 모습을 떠올릴 때마다 마음이 편안해진다.

아마도 한결같이 그 자리를 지켜주시던 모습 때문이 아닐까. 주기적이고 규칙적으로 우주를 운행하는 천체처럼, 할머니는 집과 함께 계셨다. 봄이면 텃밭에 채소를 기르시, 여름이면 아욱국을 끓여 먹고, 상추를 뜯어다가 고추장을 넣어 쌈을 싸서 먹었다. 매년 같은 시기에 뒷마당에서 콩을 삶았고, 메주를 만들었고, 나무에 열매가 열리듯 우리 집 처마 밑에는 메주덩어리들이 보기 좋게 달렸다. 하루 세 번은 부엌에서 음식을 해주셨고, 남는 시간에는 화장실에 계시거나 앞마당 수돗가에서 빨랫방망이를 두드리셨다. 여름에 마당에서 이불 빨 때 나는 늘 할머니에게 내 자리를 요구했다. 커다란 다라 속 비누 거품을 머금은 빨래를 밟는 일이었다. 미끄덩미끄덩 발바닥이 미끄러지고, 보드라운 이불자락이 발가락 사이에 느껴졌다. 마당에 꽃이 피면 이쁘다면서 꽃에게 칭찬해 주셨고, 가을에 낙엽이 지면 쓸어 담아 버리셨다. 할머니는 집 자체였으므로 집으로 오는 모든 이들은 환대받았다. 친구들이나 사촌동생들이나 식사 때가 되었을 때 집 안에 있는 모든 이들은 할머니의 손맛을 보아야 했다. 그것은 우리 집 천장에 사는 길고양이들에게도 마찬가지였다. 할머니는 "저네들도 사람을 바라보고 살어, 잘 해줘야 혀"라고 말씀하시며 고양이 밥을 챙겨주셨다.

 할머니의 음식은 일용할 양식이었지만, 단순히 포만감의 행복을 가져다주는 것 이상이었다. 할머니의 칼국수에는 기다림의 맛이 있었다. 밀가루 반죽을 할 때 나도 하고 싶다고 할머니의 곁에 앉으면 내게도 일감을 주셨다. 물렁물렁한 반죽을 들었다가 철썩 도마 위에 내리꽂는 일을 수십 차례 반복했다. 밀가루가 충분히 반죽이 되면 그것을 넓게 도마 위에 펼친다. 덩어리는 어느새 홍두깨에 눌려 타원형으로 납작해지고, 노련한 칼부림에 의해 칼국수 면발로 변했다. 지글지글 끓는 물에 잠시 들어갔다 나온 면발 위에 할머니가 직접 만든 양념간장을 올려놓고 후루룩 먹으면 짭조름한 간장 맛과 고소한 면발이 기가 막히게 입안에서 어우러졌다. 할머니의 된장은 어떤가. 일 년 내내 맛보는 된장찌개는 그날그날 레시피가 다 다르지만 핵심 원료인 된장만큼은 우리 집 뒷마당에서 만들어지는 것이다. 각종 미생물의 호흡과 대기와 날씨에 따라 매년 맛이 다를 수밖에 없는 천연 된장. 여기에 대해서는 뒤에 길게 소개할 것이므로 이 정도로만 줄이겠다. 내가 가장 즐겨 먹던 반찬 중 하나인 두부는 우리 동네 담뱃가게에서 한모 두모 사온 것이다. 두부를 프라이팬에 살짝 데쳐서 간장에 찍어 먹는 맛이 참 좋은데, 그 맛을 보려면 두부를 사러 가게에 다녀오는 시간을 기다려야 한다. 내가 먹었던 그 모든 것들은 내 기억 속에, 그리고 내 몸을 이루는 세포와 식성과 정서 속에 남아 있다. '나는 곧 내가 먹은 것이다'라는 옛 격언은 바로 이런 의미에서 나온 말이 아닐까.

나의 할머니 엄정용은 1917년 경기도 이천시 백사면 도림리에
서 태어나셨다. 1남 2녀 중에 장녀셨다. 그 시절 할머니에 대한 기
록은 사진 한 장 남아 있는 게 없다. 다만 할머니는 동네에서 소문
난 미녀였다고 아버지가 기억했다. 할머니의 할아버지께서는 매우
엄격한 분이셨던 것 같다. 도박과 술에 빠지는 것을 늘 경계하라는
말을 듣고 자라신 할머니는 본인 할아버지의 전언이라는 말과 함
께 나에게도 늘 같은 조언을 하셨다. 할머니의 할아버지는 할머니
에게 가장 소중한 선물을 하나 남기셨는데, 바로 '글'이다. 할머니
는 어려서 할아버지가 가르쳐준 '글 읽기'로 평생 성경과 신문을 탐
독하셨다. 할머니는 19세에 한산 이씨 종구 씨에게 시집을 오셨다.
당시의 풍습대로 집안 어른들 간의 협의에 의해 결혼이 결정되었
으므로 할머니는 할아버지보다 두 살 연하였지만 결혼 전까지는
연애 한 번 못 해보았다고 한다. 결혼식 날 이천에서 원주까지 가
마를 타고 온 새색시는 남편에 대한 첫인상을 이렇게 기억했다.
"면사포를 올리고 빼꼼히 쳐다보는데 애그매, 무섭지 뭐여. 얼굴
이 무섭게 생겼더라니까."
할머니에게는 남편만 처음 보는 사람이 아니었다. 강원도 원주
시 지정면의 자연환경도 처음이고, 동네 사람들도 처음이고, 시어

머니와 다섯 명의 시동생 모두가 난생처음 보는 사람이었다. 할머니의 고단한 시집살이는 그렇게 낯설게 시작되었다.

할머니는 21세에 큰아들 창복을 낳았고, 24세에 둘째 광복을, 29세에 셋째 정자를, 32세에 넷째 정옥을 낳았다. 그리고 1·4후퇴 때 갓난아이 정옥을 안고 피란을 갔다. 7~8개월의 피란생활 후 다시 돌아온 고향집은 다 타고 아무것도 없었다. 집도 모두 탔고, 할아버지가 산판으로 생계를 유지하고 계셨는데, 모아두었던 목재와 숯이 남아 있을 리 없었다. 가족들은 모든 것을 새로 시작해야 했다. 할머니는 36세에 다섯째 아들 영복을 낳았고, 39세에 막내딸 정진을 낳았다. 40대 초반에 중풍이 들어 거동이 불편해진 남편의 병수발을 해야 했고, 54세에 남편과 사별한 후 혼자서 가족들을 돌보셨다. 할머니 생애의 가장 서럽고 힘들었던 기억은 시어머니와의 관계였다. 할머니의 시어머니는 충북 괴산의 부잣집 딸이었다. 천석꾼 집안에서 시집오신 시어머니는 땅과 재산을 가지고 오셨고, 그것은 곧 시어머니의 권위로 이어졌다. 시어머니는 재산뿐 아니라 집안에 아들도 많이 낳으셨던 분이다. 자녀만 열하나를 두셨고, 그중 넷이 아들이었다. 접근할 수 없는 위치에 계셨던 시어머니의 하대하는 듯한 언어들은 할머니의 가슴에 날카롭게 파고들었던 것 같다. 할머니는 나이가 드시고 돌아가시기 전까지도 시어머니와의 일들을 잊지 못했다.

우리 세대의 많은 사람은 할머니에 대한 기억이 비슷하다. 늘 한결같은 애정, 근검절약 정신, 부지런함, 이타성. 왜 대개의 할머니는 비슷했을까? 나는 이 시대의 여성들이 특별한 사람이었다고 생각하지 않는다. 유전적으로 특별한 세대가 아니라는 말이다. 그렇다고 할머니들이 후천적으로 터득한 정신이 고결하여서 오늘날의 여성들도 본받아야 한다고 주장하는 것은 더욱 아니다. 왜냐하면 절약과 헌신이라는 이 품성의 절반 이상은 시대가 강요한 성품일 것이기 때문이다. 식민지와 전쟁, 그리고 전후의 가난 속에서 자식을 길러내는 여성으로서 살아남는다는 것이 어떤 것인지 이 시대 할머니들의 성품 속에서 발견하게 되는 것이다. 절약하고, 자식들을 먼저 먹이고, 부지런하지 않으면 살아남을 수 없었던 시대가 낳은 역사·문화적 형질이라는 말이다.

사람은 똑같은 양의 시간이라도 체감하는 길이가 다르다. 그 시간에 무엇을 경험했느냐에 따라 어떤 시간은 지루하고 길게 느껴지기도 하고, 어떤 시간은 '가는 줄 모르게' 지나가기도 한다. 이러한 주관적으로 체험되는 시간을 '내면적 시간'이라고 한다. 춥고 배고플 때의 시간은 편하고 안정감을 느낄 때의 시간보다 훨씬 많은 감정적 사건을 경험하며, 더 더디게 흘러간다. 내면적 시간으로 따지자면 전쟁 후의 가난했던 20년은 현대 산업화 이후의 풍요로운 20년에 비교해 훨씬 더 긴 시간이다. 20년의 기억이지만 30년 또는 40년처럼 느껴지기도 하는 시기를 겪어내었으니 그 과정에서 체득한 습관들과 품성은 더욱 완고하게 할머니들의 몸에 배어 버렸을 것이다. 그래서 세상이 변했음에도 예전의 품성, 고집을 꺾지 못한다. 풍요로워졌음에도 풍요를 즐기지 못하고 모아두셨고, 버려야 하는 것들도 버리지 못하고 장롱 밑에 쌓아두셨다.

그 밖에 우리의 할머니들이 직면한 중요한 변화 중 하나는 그전 세대보다 더 오래 살게 되었다는 것이다. 위생의 개선과 의료적 환경의 진보 덕분에 할머니들은 할머니의 할머니들보다 훨씬 더 많은 시간 동안 할머니 역할을 해야 했다. 기대수명이 수십 년 사이에 수십 년 증가하였다. 게다가 할머니들은 유례없이 큰 폭으로 변화한 한국 사회의 산업화와 민주화를 경험했다. 우리 사회는 한 세대를 거치기도 전에 문화적, 경제적으로 탈바꿈했다. 오늘날의 정치와 경제, 그리고 사람들의 삶의 방식은 두 세대 전에는 상상할 수 없는 방식이었다. 일제 강점기에 태어나 자랐고, 전쟁 후에 자녀를 길렀고, 근대 산업화 시기에 할머니가 되었다. 인류 역사상 이토록 가파른 언덕을 올라간 세대가 또 있을까.

인간 역사 대부분에 노인의 지혜는 공동체의 생존에 필수적이었다. 어디에 과실나무가 있으며, 어떤 채소를 먹어서는 안 되며, 어디에 사람을 무는 벌레가 잘 다닌다는 것은 미리 경험해 본 어른들만이 해줄 수 있는 말이었다. 멀게는 별자리를 보며 길을 찾는 법과 농사의 방법 또는 사냥의 방법들도 삶의 경험과 함께 축적되는 지식이었다. 인디언 영화에서 보듯이 사람 간에 갈등이 생겼을 때 이를 중재하며 판결을 내려주는 것도 어디까지나 마을의 가장 연로한 노인의 몫이었다. 그러나 오늘날에는 노인의 지식을 알아주지 않는다. 세상이 너무나 많이 변했다. 지식을 매개해 주는 문자가 상용화된 것도 있거니와 무엇보다도 큰 것은 어려서 했던 경험들을 커서는 더 이상 할 수 없다는 것이다.

우리 시대 할머니들이 겪어낸 엄청난 변화는 일찍이 없었던 사회·역사적 현상이었다. 그들의 삶이 역사의 뒤안길로 사라진 지금, 우리는 이제 더 이상 '기억 속의 할머니들'을 볼 수 없게 되었다. 그래서 나의 할머니에 대한 기억을 떠올리는 것이 단순히 한 개인사를 생각하는 이상이 될 수 있으리라 생각한다. 고고학자들이 화석에 뼈와 살을 입히고, 숨을 불어넣어 과거의 생물을 재탄생시키듯이, 독자들은 화석처럼 종이 위에 쓰인 글자들 위로 자기만의 경험들을 영양제 삼아 살과 피를 지녔던 각자의 할머니들을 떠올릴 수 있으리라 생각했다.

나는 나의 할머니에 대한 기억들에 덧붙여 조금은 다른 분위기의 부연설명을 덧붙이기로 했다. 글 중간중간 13개의 글로 이루어진 해설이 그것이다. 이는 에피소드와 연관된 단상이면서, 할머니를 오랜 시간 보며 내 삶 안에서 체득한 삶과 사회에 대한 생물학 또는 문학·문화적 해석이기도 하다. 글을 쓰면서 느낀 것인데, 글에는 더듬이가 되어 기억을 찾아내고 재생하는 능력이 있는 듯하다. 글 자체가 하나의 감각기관처럼 일함을 느꼈다. 30년 이상 된 기억 하나가 하나의 문장으로 만들어질 때, 그 문장은 다음 문장을 위해 기억을 불러들였다. 기억만 불러들인 게 아니다. 당시의 느낌과 함께 따뜻한 무언가가 올라와 가슴을 적셨다. 그렇게 우리 '각자의 할머니'는 마치 주기적이고 규칙적인 천체처럼 할머니라는 우주가 되어 있었다.

책이 나오기까지 많은 분의 도움을 받았다. 먼저 나의 할머니 이야기를 재밌게 들어주고 책으로 내보라고 권유해주었던 아내와 내 에피소드에 '좋아요'를 눌러주었던 페이스북 친구들이 아니었다면 이 책은 나오지 못했을 것이다. 함께 옛 기억을 떠올려 주신 부모님과 고모들, 할머니와의 경험을 함께 공유한 나의 형제와 사촌들, 할머니 마지막 가시는 길을 도와주셨던 이모에게도 그동안 못 드린 감사의 마음을 전한다.

한 사람에 대한 기억의 내용이란 그가 맺었던 관계들이었다. 할머니가 종종 이용하던 풍물시장 안의 상인들, 서울 가는 길을 친절하게 가르쳐준 많은 분, 차표를 예매할 때 새치기하는 할머니를 너그럽게 이해해주셨던 시민들, 우리 집 천장에 살았던 길고양이들, 할머니와 함께 추억이 되어 남아주신 모든 분께 감사를 전하지 않을 수 없다. 마지막으로 책이 나오기까지 땀과 마음을 함께 담아주신 밥북 출판사 관계자분들께도 감사를 전한다.

2019년 11월 이낙원

차 례

2부

_노년의 몸에 대하여

3부

_사랑과 눈물에 대하여

1부

한결같음에 대하여

말랑말랑해서 변할 것 같지만 절대 변하지 않는 것이 성격일까? 할머니의 성격도 내 귓바퀴 연골처럼 한결같았다. 한편으로는 말랑말랑한 면도 있어서 상황에 따라 유연하게 대처하기도 하지만, 시간이 지나면 타고난 모양대로 되돌아간다. 그래서 대체로 예측할 수 있다.

생크림 케이크가 시중에 처음 나왔을 즈음이었다. 누군가 선물해 주신 것인지, 집에 생크림 케이크가 있었다. 생크림 케이크는 이미 한 번 맛을 본 적이 있었다. 기존의 느끼한 크림과는 비교도 안 될 만큼 달콤하고 부드러운 크림. 그래서 이름 앞에 살아있음의 '생(生)'을 붙여서 생크림이다.

할머니가 케이크를 먹으라고 불렀다. 나는 들뜬 마음으로 거실로 나갔는데, 밥상 위에 놓인 케이크는 정말이지 참담한 모습이었다. 할머니가 겉의 크림을 칼로 말끔히 도려내었고, 밥상 위에는 부드러운 빵만 덩그러니 남아 있었다. 늘 그랬듯이 할머니는 손주들에게 담백하고 부드러운 빵을 먹이기 위해 '느끼한 기름 덩어리'라고 여겨지는 크림을 말끔히 걷어내었던 것이다.

#. 젖병

    나는 어려서부터 우유를 젖병에 담아 마셨다. 꿀꺽꿀꺽 마신 게 아니고 쪽쪽 빨아서 마셨다는 말이다. 분유를 먹었던 그 젖병에다가 커서는 흰 우유를 담아 마셨다. 초등학교 2학년 때까지 젖병을 이용했다. 초등학교 학생에게 젖병이 어울리지는 않는다는 것은 나도 알았지만 습관을 버리지는 못했다. 집에 있을 때 엄마가 병원에 출근하기 전에 젖병에 우유를 담아 입에 물려주고 나가시던 장면 몇 개가 아직 내 머릿속에 남아 있다. 직장생활로 바쁜 엄마로서는 나쁘지 않은 선택이었고, 엄마의 체온이 아직 그리운 아이에게도 젖병은 나름 엄마 대용품으로서 역할을 했다. 무엇보다도 습관을 바꾼다는 것은 에너지가 들어가는 일이다. 그걸 바꾸려면 그만한 이유가 있어야 하는데 딱히 젖병을 버릴 만한 이유가 없었다. 엄마는 경제도 가정도 꾸려야 했기에 바빴고, 내게는 심적으로 은밀한 이득이 있었다. 나만의 공간과 시간, 나만 알고 있어서 타인이 절대 침범할 수 없는 일의 매력 말이다. 난 집에 있을 때만 젖병을 이용했다. 누워서 젖병을 물고 쪽쪽 빨아먹는 편안한 자세와 포근한 시간은 오로지 나만의 것이었다. 그런데 어느 날, 단 한 번의 사건으로 나는 젖병을 완전히 떼어 버렸다. 젖병에서 컵으로 우유 먹는 방식이 하루아침에 바뀌어버린 것이다. 나는 그날의 경험을 생생히 기억한다. 사건의 발단은 할머니였다.

그날, 학교가 끝나고 친구들과 놀기 위해 윗동네 물탱크로 갔다. 지금이야 어른 걸음으로 십 분이면 족히 도착하는 곳이었지만, 나에게 그 길은 숨을 몰아쉬어야 오를 수 있는 오르막길이었고, 불과 수년 전에는 내가 알지도 못했던 미지의 땅이었다. 그곳에는 언제부터 있었던 것인지 모르는 시멘트 벽돌로 만든 거대한 인공구조물이 원통형으로 서 있었는데, 사람들은 그것을 물탱크라고 불렀다. 물탱크 주위에는 물을 저장했던 수조 같은 공간이 있었는데, 비가 오고 나면 수조 안에는 무릎 높이 정도의 물이 들어찼고, 올챙이와 소금쟁이 같은 물벌레들을 볼 수 있었다. 그리고 주위로는 모래사장이 있었다. 넓지는 않았지만 우리 어린이들에게는 축구나 야구 같은 공놀이를 하기에 적당했다. 그 시기 나는 동네 야구부

선수였다. 아무도 알아주지 않는 야구팀이었고, 그래서 오래가지 못해서 자진 해산된 팀이었다. 당시 나는 틈만 나면 글러브를 야구 방망이에 끼워서 어깨에 메고 물탱크 앞에 있는 모래벌판으로 갔다. 여름에는 새벽에도 나가고 방과 후에도 나갔다. 엄마가 해준 샌드위치를 먹고 대문을 나설 때의 상쾌한 새벽공기가 아직도 느껴진다. 코치형이 나더러 볼을 잘 잡는다면서 유격수로 세워준 날이 기억난다. 작은 칭찬에 크게 흥분했던 그 순간 난 속으로 말했다. "팔만 뻗어도 공이 손에 잡히던데. 내가 잘하긴 잘하나 봐."

그날 오후에도 나는 물탱크 놀이터에서 시간 가는 줄 모르고 놀고 있었다. 갑자기 동네 친구들의 웃음이 터졌다. 까르르 까르르 깔깔 웃어대는 소리가 들렸다. 아이들의 웃음보를 터뜨린 것은 바로 할머니였다. 할머니가 공터에 나타났다. 한 손에 젖병을 들고, 젖병을 위아래로 흔들면서 나를 찾고 있었다.

"아가~ 밥 먹어~"
"아가~ 어딨어~"

할머니는 그때까지 이름으로 나를 부르지 않으셨다. 이름이 맘에 안 든다는 게 그 이유였다. 그래서 '낙원아'라고 부르지 않고 '아가'라고 불렀다. 왜 아가라고 부르냐고 따지면, '낙원이가 뭐여? 이

23

름이'라고 대답하셨다. 할머니는 삼시 세끼를 거르면 무슨 심각한 질병에라도 걸릴 것처럼 끼니를 챙겨주던 분이다. 손주가 끼니를 거르면 몹시 집안을 곤란하게 만들 화라도 생길 것처럼 끼니를 챙겼다. 이름을 '아가'라고 부르다 보니 더 끼니에 집착하게 된 걸지도 모른다는 생각이 든다. 아가들은 밥 먹는 게 깨어 있을 때의 가장 중요한 일이다. 아가라고 자꾸 부르다 보니, 아가 밥 주듯이 밥을 챙겨주어야겠다는 생각을 하게 된 것은 아닐까. 그런데, 이 아가라고 불리는 꼬마 녀석이 학교 다녀오더니 점심도 안 먹고 나가서 소식이 없다. 아마도 일이 손에 잡히지 않았을 것이다. 손주의 텅 빈 배 속 생각에 본인 맘이 허해지셨을 것이다. 그러니 간식이라도 챙겨서 갖다 주려고 하셨을 것이다. 그래도 젖병을 들고 가파른 오르막길을 지나 윗동네 놀이터까지 찾아올 줄은 꿈에도 몰랐다.

당시 '아가'라는 호칭과 '젖병'이라는 수단의 조합은 강력한 이미지를 만들어냈고, 그것이 초등생 2학년이었던 내 이미지와 심각하게 어긋나 매우 재밌었나 보다. 친구들과 동네 형들이 많이 웃었고, 나는 얼굴이 화끈거려 아무 말도 못 했다. 그날 내가 젖병을 받아들었는지, 우유를 마셨는지는 기억나지 않는다. 그저 그때 얼굴이 화끈거리고 부끄러워서 고개를 못 들었던 내 감정은 기억이 난다. 그날 이후 내 별명은 '아가'가 되었다. 한 번은 친구 집에 놀러 갔는데, 친구 엄마가 나에게 말했다. "낙원이는 아가라며?"

　내가 젖병을 단번에 떼어 버릴 수밖에 없는 상황이 아닐 수 없다고 모두가 인정할 것이다. 은밀한 사생활이 어처구니없이 폭로된 상황에서 내가 할 수 있는 일은 아예 은밀한 공간에서 나오지 않거나, 아니면 오픈된 공간에서도 떳떳한 사람이 되거나 둘 중 하나였고, 나는 후자를 택했다.

　할머니가 나의 사생활을 들고 광장으로 나왔던 그날, 역시 긴 치마를 입고 계셨고, 손에 든 젖병은 굳이 위아래로 흔들고 있었고, 입으로는 애타게 '아가'를 찾고 있었고, 나는 갑자기 어른이 되었다. 안타까운 것은 그날 이후, 그 장면에 대해 할머니와 한 번도 이야기를 나눠본 적이 없다는 것이다. 아마 그때의 창피한 감정이 이 장면을 의식 밑으로 끌어내려 붙들고 있었던 것일 게다. 지금이라도 할머니에게 물어보고 싶은 몇 가지가 있다. 할머니 본인의 행동이 가지고 올 후폭풍을 예상하셨냐는 질문. 그날 이후 내가 젖병을 찾지 않는 것이 이상하지 않았냐는 질문. 내 친구들이 웃어서 할머니는 당황하지 않았냐는 질문. 그러나 대답을 듣기에는 너무 늦었다. 그래서 상상으로 답을 들어본다. 내 추측인데 그날 할머니는 그 후폭풍을 예상하지 못했고, 본인도 어느 정도 당황했으며, 그날 이후 나에게 약간 미안했을 것이다. 이런 조심스러운 추측에는 나름의 합리적인 증거가 있다. 할머니는 그날 이후 나를 '아가'라고 부르지 않았다.

#. 코르덴바지의 기억

초등학교 고학년 시절의 기억이다. 그날 등굣길은 정말 최악이었다. 바지가 너무 작았다. 기장은 짧았고, 무릎에 덧대어 기웠던 헝겊은 허벅지 가까이 올라왔다. 허리는 조였지만 그런대로 참을 만했는데, 바짝 죄어오는 엉덩이가 참을 수 없었다. 레깅스도 아니고, 스타킹도 아니고 겨울 바지인데 엉덩이 라인이 너무 리얼했다. 거울로 뒷모습을 여러 번 살폈다. 아무래도 저렇게 골이 파인 엉덩이를 보이면서 학교로 간다는 것은 너무나 어색한 일이었다. 그래서 고민 끝에 방법을 찾았다. 한쪽 어깨로 매는 가방끈을 길게 늘이니 엉덩이를 가릴 만큼 가방의 본체를 허리 아래로 내려뜨릴 수 있었다. 가방으로 엉덩이를 가리고 학교에 갔다.

난 당시 누굴 원망하지는 않았다. 나는 당시의 사태를 자연재해나 우연한 사고를 당한 것처럼 받아들였다. 누구 탓도 아니고, 그냥 운명의 장난 같은 어떤 것이다. 재수가 없을 뿐이고, 노력한다고 예방할 수 있는 어떤 것도 아닌 것처럼 받아들였다. 다만 아침 일찍 바지가 없어졌다는 걸, 잃어버린 바지를 찾을 수 없었다는 걸 빨리 깨닫지 못해서 바지를 찾느라고 너무 많은 시간을 허비한 나머지 학교에 지각할 뻔했다는 것이 아쉬울 뿐이다. 마지막으로 교실 문을 열고 들어갈 때 쏟아지는 시선이 너무나 불편했다.

할머니는 내가 그 바지를 입고 다니는 것을 탐탁하게 생각하지 않으셨고, 여러 번 표현하셨다. "그거 빨리 벗어버리지 못하겠니?" 나는 할머니의 말을 들은 척도 하지 않았다. 그걸 내가 왜 벗어버려야 하나? 초록색의 빛깔도 좋았고 코르덴바지가 추운 날씨에 따뜻했다. 작은 누나가 입던 것이므로 남자인 내가 입어서는 안 된다는 할머니의 세계관에도 동의할 수 없었다. 아니 어린 나이에 세계관인지 여성관인지 하여간, 그런 게 뭔지도 몰랐으므로 그런 할머니의 입장에 관심이 없었다고 해야 더 맞겠다. 거기다가 그걸 벗으면 난 뭘 입나. 대책 없이 나보고 바지를 벗으라고 하니, 귀에 들어올 리 없었다. 말없이 그냥 뭉갰다.
할머니도 참을 만큼 참았을 것이다. 꼭지가 도셨는지 할머니는 바지를 가져다 버렸다. 나는 아침 내내 바지를 찾았다.

"할머니, 내 바지 못 봤어?"

"못 봤어."

"내 초록색 바지 못 봤냐구, 아무 데도 없는데 할머니가 치운 거 아냐?"

"몰러."

할머니는 모른다고 시치미를 뗐다. 표정 하나 안 변하고 자기는 모른다고 하셨다. 엄마는 직장에, 누나들은 이미 학교로 떠난 아침 시간이었다. 요즘 같으면, 엄마에게 직장이나 핸드폰으로 전화라도 했을 텐데, 그 시절에는 그게 가능하지 않았다. 나는 내 힘으로 온 집안을 뒤졌고, 어렵사리 대체물로 찾은 바지는 이미 작아져서 옷장 깊숙이 개어놓았던 바지였다. 학교에 가려면 그 바지를 입어야 한다. 입어야 했으므로 입고야 말았다.

할머니가 실토한 적은 없었지만, 할머니가 버렸다는 사실은 가족 모두가 의심 없이 받아들였다. 나 역시 바지를 되찾는 것을 체념한 후에는 할머니의 소행을 의심하지 않았으며, 할머니에게 따져 묻지도 않았다. 할머니는 충분히 그럴 분이었다. 내가 누나가 입던 레이스 달린 러닝셔츠를 입었을 때 할머니는 분개하셨고, 누나가 누워있는 '나'를 폴짝 넘어다닐 때는 할머니는 역정을 내셨다. "얘, 너 어딜 넘어다녀~!" 단지 남자라는 이유로, 여자라는 이유로 해서는 안 될 금기 사항들이 할머니에게는 정리되어 있는 듯했다. 특히 남자와 여자가 옷을 섞는 것은 금기의 등급이 높은 축에 속했던 행동이었던 것 같다. 초록색 코르덴바지가 없어졌을 때나는 진작 알아챘어야 맞다. 순진하게 할머니에게 묻고 또 물어가며 온 집안을 뒤지다니.

- 집어 내던져 버릴 것

할머니는 감당할 수 없는 감정적 사태에 직면했을 때 이 방법을 종종 사용하셨다. 한번은 압력밥솥 뚜껑이 사라져서 엄마가 흥분했던 적이 있다. 엄마는 할머니가 버린 것 같다고 믿고 있었다. 나는 엄마의 그 말을 듣고 할머니의 소행을 믿어 의심치 않았다. 왜냐하면 할머니가 부엌에서 압력밥솥 뚜껑을 들면서 이런 말을 했던 걸 기억하기 때문이다. "이녀너거 집어 내던져 버려. 무거워서 당췌~" 할머니는 마음을 먹으면 조용히 실행에 옮기는 분이셨다. 이후에도 가끔씩 집안의 물건이 없어지는 사건이 몇 건 있던 것으로 기억한다. 압력밥솥의 뚜껑은 그 '집어 내던져 버려'진 물건들 중 가장 값나가는 것 중 하나일 뿐이다.

할머니와 열차 타기

초등학교 때까지는 할머니가 정정하셨다. 70이 넘은 노인이셨
지만 체력은 있으셔서 제법 오래 걸으셨다. 서울 고모 집과 작은
아버지 댁을 할머니 손잡고 몇 번 갔었던 기억이 난다. 할머니는
한 손에 보따리를 한 짐 들고 다른 한 손으로 내 손을 쥐고 걸었
다. 할머니와의 여행에 선명하게 떠오르는 몇 가지 장면이 있다. 매
번 맘에 걸렸던 일은 할머니가 원주 역에서 기차표를 구매하는 장
면이다. 당시만 해도 열차역 매표창구에서만 차표구매가 가능했
으므로 창구 앞에는 언제나 긴 줄이 늘어서 있었다. 당연히 줄의
맨 뒤에 서서 차례를 기다려야 하지만 할머니는 뒤에서부터 출발
해 본 적이 없다. 슬쩍 중간에 파고든다. 할머니가 대열의 중간쯤
에 어정쩡하게 서서 딴청을 피우시면 난 그 의도를 파악하고 마음

이 괴로워진다. '할머니, 이러면 안 돼. 뒤로 가서 줄을 서야지.' 속에서는 말하는데 차마 말이 입으로 나오질 않아 얼굴과 행동으로 말하면 할머니는 모른 척하신다. 그리고 가만히 있으라는 표정으로 슬쩍 나를 쏘아보신다. 그럼 난 멀찍이 떨어져 할머니를 지켜본다. 새치기했다고 누가 핀잔이라도 줄까 봐 걱정되고 창피해진다. 잠시 후 장면이 바뀌면 할머니는 어느새 대열 속으로 파고들어서 당당히 서 계신다. 그냥 서 계신 게 아니라 앞뒤 사람과 친해졌는지 웃으며 대화를 나눈다. 정말 대단한 친화력이다.

그렇게 표를 끊고 기다렸다가 기차에 올라선다. 앉아가는 날도 있고, 입석이라고 서서 가야 하는 날도 있다. 할머니는 나를 서서 가도록 만들지 않는다. 탁월한 친화력으로서 앉아있는 사람들과 친분을 쌓고, 사람들로 하여금 나를 마치 자기 핏줄로 느끼게끔 만든다. 가끔 대화 속에서 할머니가 다른 사람들에게 내 자랑을 섞는 것을 들었던 기억이 있는데, 지금 생각해 보니 나를 앉힐 요량으로 지어낸 것일 수도 있겠다 싶다. 할머니와 대화하던 아줌마 중의 한 사람이 나를 자기 무릎에 앉힌다. 난 그게 싫었다. 잘 모르는 아줌마 무릎 위에 앉아가는 게 그렇게 싫었다. 아줌마들은 나를 자신의 무릎에 앉힌 채 할머니와 끊임없는 대화를 나눈다. 어디 사느냐는 이야기, 자식들 이야기, 살다가 고생한 이야기, 이야기들이 줄줄이 나온다. 그럼 어느덧 청량리다.

청량리에 내려서 우리의 운명은 우리가 누구를 만나느냐에 달렸다. 할머니가 가져온 종이쪽지는 할머니가 판독할 만한 내용이 아니었다. 또 버스도 여러 번 갈아타야 했기에 많은 분들의 도움을 받아야 했다. 그 쪽지에는 주로 버스 번호가 적혀 있던 걸로 기억한다. 사람들은 할머니가 내민 쪽지를 받아들고 '잘 모르겠다'고 하기도 하고, '어디로 가라'고 방향을 알려주기도 했다. 어쩌다가 아주 친절한 처녀를 만나면 우리를 데리고 함께 버스를 타기도 했고, 내릴 곳까지 알려주시기도 했다. 그렇게 행선지가 같아 조금만 이동을 함께하게 되면 할머니는 또 특유의 친화력을 발휘하여 길을 안내해주시는 낯선 분과 깊이 있는 대화를 나누었다. 헤어질 때는 친절에 대해 고맙다는 인사는 꼭 하셨다. 난 물어물어 가는 여행길이 불안한 적은 없었다. 할머니가 어떤 분인가. 길을 잃을 리 없었다. 또 도착만 하면 사촌 형들과 수영장을 갈 수도 있고, 공을 찰 수도 있다. 난 수영장 놀이가 가장 즐거웠다.

"할머니 우리가 타고 가는 기차가 무슨 기차야?"
내가 물었다.
"이거? 이게 그 중급행 열차여."

할머니가 대답했다.

　내가 이 대화를 정확하게 기억하는 이유가 있다. 서울에 도착해서 사촌들이 뭐 타고 왔냐고 물었을 때, 내가 '중급행 열차'라고 대답했더니 다들 크게 웃었다. 나로서는 웃는 이유를 알 수 없었다. '중급행 열차가 뭐 어때서. 그게 웃긴가? 혹시 내가 아줌마 무릎에 앉아왔다는 걸 아는 건가? 중급행 열차는 그런 웃기는 일이 일어나는 기차인가?' 나의 내면에서 일어나는 이런 질문을 입 밖으로 내밀어 본 적은 없다. 중급행 열차는 아마도 할머니만의 용어였을지 싶다. 이후에도 그런 열차 이름은 들어본 적이 없으니까. 서울에서의 생활이 끝나면, 다시 원주행이다. 역시 할머니와 함께 길을 나선다. 근데 이상하게도 갈 때의 기억은 참 생생한데, 돌아올 때의 기억은 없다. 단 한 번도 올 때 기차를 어떻게 탔으며, 버스를 어떻게 물어왔는지 기억이 없다. 서울에 간다는 설렘과 기대가 기억을 만드는 데 도움을 준 것인가 보다.

절약의 달인

복 달아난다고 집에 들어온 개미를 잡아 죽이지 말라고 할머니가 말했다. 개미는 소비하는 동물이 아니라 쌓아놓는 동물이라서 그런 생각들이 생겼을 것이다. 낭비하지 않고 절약할 줄 아는 것들은 동물이건 사람이건 할머니의 칭찬 대상이 되었다. '누가 참 성격이 절약하고 좋더라'라는 이야기도 종종 하셨다. 사촌 동생 경원이 얘기도 몇 번 하셨다. 그 애는 얼마나 아낄 줄 아는지 세상에 초코파이를 아껴 먹으려고 어디다 숨겨놓았다가 까먹어서 못먹을 정도였다는 얘기를 웃으면서 하셨다. 못 먹게 된 초코파이는 낭비라 생각하지 않으셨고, 다만 그 '아껴 먹으려던' 의도만을 칭찬하셨다. 할머니도 뭐든 쌓아놓으셨다. 버리는 게 없었고, 그래서 할머니의 방 농장 밑에는 잡다한 것들이 많이 쌓여 있었다. 가난을 경험했던 '몸'이라 버리지 못하는 습성은 '몸'에 배어버렸고, 절약 부분에서만큼은 할머니는 달인이 되었다 해도 과장이 아니었다. 할머니의 절약을 떠올려보려 한다.

절수

할머니는 물을 아껴 썼다. 수도꼭지가 있는 곳은 할머니의 주활동 공간이다. 마당의 수도 주위, 화장실, 그리고 부엌의 싱크대. 이 공간에서 할머니는 고인 물을 사용하는 방법으로 물을 아꼈다. 부엌의 싱크대에서 설거지할 때는 어지간하면 개수대에 담긴 물을 이용함으로써 물을 흘려보내는 것을 최소화했다. 약간 비위생적일 것 같지만, 설거지가 깨끗하지 못해서 배탈 난 적은 한 번도 없다. 빨래할 때도 세수할 때도, 현관 바닥을 물청소할 때도 할머니는 대야를 이용해서 물을 아꼈다. 세탁기는 물을 많이 먹는다고 싫어하셨다. 당연히 우리가 물장난하는 것을 할머니는 매우 싫어하셨다. 물장난 자체가 물 낭비고, 장난하다가 더러워진 옷 역시 물로 씻어내야 하기 때문이다.

음식

할머니는 음식도 버리는 바가 없었다. 어쩔 수 없이 남은 음식은 뒷마당 텃밭의 비료로 활용했고, 다시 먹을 수 있는 음식은 가급적 재활용했다. 할머니의 된장찌개는 유용한 재활용 창구였다. 가끔 명절이 지나고 나면 된장찌개에서 동그랑땡이나 LA 갈비도 볼 수 있었다. LA갈비 뼈로 우려진 된장찌개 국물 맛이 궁금한 분들은 한번 해보시라. 생각보다 맛있다. 우리 집 된장찌개 뚝배기에는 항상 뭔가가 들어 있었다. 무엇이든 이 속에만 들어가면 된장찌개 건더기로 재탄생된다.

절지

할머니는 화장실에서 뒤처리용으로 사용하는 휴지가 낭비되는 것을 안타까워하셨다. 내가 뒤처리로 소비해 버린 화장지를 보신 할머니는 꼭 휴지 좀 아껴 쓰라는 잔소리를 하셨다. 몇 번은 두루마리 휴지 딱 두 칸을 뜯어서 내게 가져오셔서 설명해 주셨다. '이게 말이여. 이거 봐여. 이렇게 한 번 접고, 또 한 번 이렇게 접고, 요렇게 한 번 더. 네 번 접으면 뒤처리할 수 있어. 두 칸 이면 충분해'라고 말씀하셨다. 나로선 도무지 불가능한 요구였으므로 따르지 못했다.

의류

할머니는 옷을 아껴 입었고 오래 입었다. 할머니 속옷은 정말 박물관에 보내고 싶은 마음이 들 정도였다. 덧댄 헝겊 위에 또 덧

대어 꿰맨 자국이 여러 개다. 외출할 때 입는 옷 말고 할머니 옷은
전부 그런 모양이었다. 할머니 속옷 중 인상 깊게 기억나는 옷이
하나 있다. 매우 정갈한 네모 모양의 수건이 러닝셔츠 아랫배 부위
에 덧대어져 있었는데, 네모들이 정갈하고 다양한 모양으로 붙어
있어서 조형적 미감도 느껴지는 옷이었다. 굳이 그 느낌을 좀 더
생생하게 전달받고 싶은 분들은 몬드리안의 작품을 참고하시면
된다. 아마도 아랫배를 따뜻하게 하려고 옷의 아랫단에 오래된 수
건을 사용하셨을 것이다. 할머니의 고쟁이 역시 절약의 상징이다.
여름엔 바람이 잘 통했고, 겨울엔 안 내복 밖에 치마를 덧입으시
어 입을 수 있는 4계절 전천후 옷이었다. 한 번 입으면 오래 입으
시는 스타일이라 옷을 고를 때도 이만저만 신경 쓰는 게 아니었다.
내가 결혼한 후 아내인 손주며느리가 할머니 옷을 선물했다가 색
상이 맘에 안 들어서 바꿔오고, 팔 기장이 짧거나 길다고 바꿔오
고, 여러 가지 이유로 서너 번을 옷을 바꿔다 드렸던 기억이 있다.
옷을 사드릴 때만큼은 할머니는 정말 까다로운 분이 되었다.

돈

할머니는 돈을 아껴서 쓰셨고, 잘 벌어야 한다고 종종 강조하셨
다. "너는 이다음에 커서 돈 많이 벌어. 그래서 어려운 사람도 도
와주고 그래야 혀. 알았지?"라는 말은 수십 번은 들었던 것 같다.

친지분이나 지인분들이 집에 들러 할머니에게 용돈을 드리면 할머니는 돈을 장롱 또는 속옷 깊은 어딘가 모았다가 꼭 필요하다고 생각하는 곳에 긴요하게 쓰셨다. 할머니가 돈을 얼마나 아꼈는지를 알 수 있는 기억이 있는데, 바로 할머니 목욕탕 다녀오시는 날의 기억이다.

목욕탕에 다녀오시는 날, 할머니의 얼굴은 종일 발그레하게 상기되어 있다. 그럴 수밖에 없는 것이 할머니는 뜨거운 증기 자욱한 목욕탕에서 최소 4시간 이상 계시기 때문이다. 아침에 가시면 점심때가 다 되어야 돌아오시니, 물도 엄청 많이 썼을 것이다. 물을 아끼시는 할머니가 물을 많이 썼다는 바로 이 사실을 주목할 필요가 있다. 절약이 몸에 밴 할머니가 물을 많이 쓴 이유가 무엇일까? 돈이 아까워서다. 목욕탕 주인에게 이미 지불한 돈이 아까워서 목욕탕에서 빨리 나올 수가 없었던 것이다. 기왕 돈 낸 거 화끈하게 목욕을 해 놓으면 목욕탕 두 번 또는 세 번 가야 할 것을 한 번에 끝낼 수 있다. 그럼 결과적으로 돈을 아끼게 되는 것이다. 내가 목욕탕 간다고 하고 한 시간 만에 집에 들어오면 돈이 아깝게 왜 이렇게 빨리 오느냐고 핀잔을 주시곤 했다. 할머니는 물보다 돈을 더 아까워하셨다.

연골과 기질

할머니는 내가 누워있을 때면 내 머리맡에 앉아서 귀를 만지작 거렸다. 나의 귀는 귓바퀴 중간의 연골 부분이 튀어나와 있어 모양이 예쁘지 않았다. 할머니는 복이 귓바퀴를 타고 들어오다가 튀어나온 연골에 걸려 다시 튀어나갈까 봐 걱정하셨다. 튀어나온 부위를 손가락으로 꼭 누르고 귀를 반으로 접은 채 한참 있었다. 원하는 모양을 만들기 위해 귀를 만지고 또 만져 보았지만 소용이 없었다. 튀어나온 귓바퀴의 모양은 그대로였다. 여기다가 요렇게 반창고를 붙여놓자고 제안도 해보셨고 몇 번 실행도 해보셨다. 그러나 내 귀는 태어날 때부터 생긴 대로 자라서 지금까지 그대로다.

말랑말랑해서 변할 것 같지만 절대 변하지 않는 것이 성격일까? 할머니의 성격도 내 귓바퀴 연골처럼 한결같았다. 한편으로는 말랑말랑한 면도 있어서 상황에 따라 유연하게 대처하기도 하지만, 시간이 지나면 타고난 모양대로 되돌아간다. 그래서 대체로 예측할 수 있다.

생크림 케이크가 시중에 처음 나왔을 즈음이었다. 누군가 선물해 주신 것인지, 집에 생크림 케이크가 있었다. 생크림 케이크는 이미 한 번 맛을 본 적이 있었다. 기존의 느끼한 크림과는 비교도 안 될 만큼 달콤하고 부드러운 크림, 그래서 이름 앞에 살아있음의 '생(生)'을 붙여서 생크림이다. 이것이 황홀한 이미지로 기억되어 있었으므로, 생크림 케이크는 너무나 기쁜 선물이었다.

할머니가 케이크를 먹으라고 불렀다. 나는 들뜬 마음으로 거실로 나갔는데, 밥상 위에 놓인 케이크는 정말이지 참담한 모습이었다. 할머니가 겉의 크림을 칼로 말끔히 도려내었고, 밥상 위에는 부드러운 빵만 덩그러니 남아 있었다. 늘 그랬듯이 할머니는 손주들에게 담백하고 부드러운 빵을 먹이기 위해 '느끼한 기름 덩어리'라고 여겨지는 크림을 말끔히 걷어내었던 것이다. 할머니의 한결같음을 예측하지 못했던 나는 울어버리고 말았다.

해설 1. 기질과 성격

    기질을 토지라고 한다면, 성격은 그 위의 건물이라고 할 수 있다. 기질은 유전적 영향을 더욱 강조한 말이라고 볼 수 있고, 유전적 영향 아래 문화적 압력과 개인적 경험이 뒤섞이면서 성격이 형성된다. 따라서 성장 과정에서 한 번 굳어진 성격은 쉽게 변하지 않는다. 변하더라도 건물의 리모델링이 건물의 구조를 건드릴 수 없는 것처럼 성격의 뼈대는 변하지 않는다. 인간이라면 누구나 가지고 있는 공통된 성향일수록 유전적 영향에 가깝고, 사람마다 다른 특성이라면 환경의 영향을 반영한다고 볼 수 있다. 예를 들면 아기를 귀엽다고 느끼고, 지네와 같은 다리가 많은 곤충을 혐오하고, 어둡고 고립된 장소보다는 탁 트인 공간을 좋아하는 것은 유전적 영향이다. 반면 개인마다 차이를 보이는 성향이라면 개인이 성장 과정에서 마주했던 환경의 영향이 크다. 할머니의 절약 정신이나 부지런함, 또는 남/여에 대한 차별화된 생각들은 다분히 사회문화적 영향의 결과일 것이다. 만약 할머니가 산업화 이후의 한국 사회에 태어났다면 낭비하는 습성이 있을 수도 있고, 남/여에 대한 위계적 관념도 덜 할 수 있다는 말이다. 그러나 환경이 성격에 미치는 영향은 어디까지나 타고난 기질 위에서 형성된다. 그래서 한 인간이 환경이나 문화에 따라 천차만별적인 인간형이 될 수는 없다. 나는 할머니가 오늘날에 태어났다고 하더라도 절대 극우 정치인이나 페미니스트가 될 수는 없는 사람이라고 생각한다. 타고난 마음의 꼴인 기질은 어떤 환경에서건 간에 사회 또는 타인과 관계 맺는 방식에 큰 영향을 미치기 때문이다.

할머니의 타고난 기질은 어떠했을까. 수전 케인의 책 〈콰이어트〉[1]에 나오는 설명대로 할머니의 기질을 분석해보자. 책에서는 인간의 성품을 크게 외향적 성격과 내향적 성격으로 나누었는데, 먼저 수전케인의 설명을 요약하면 이렇다.

내향적 인간은 외부 자극에 민감하다. 낯선 사람과 낯선 환경에 크게 자극받는다. 즉 낯선 것들이 스트레스가 되기 쉽다. 이런 사람은 적절한 혼자만의 시간/공간을 필요로 한다. 다수의 사람들 앞에 서야 할 때는 집중해야 하며, 일이 마무리되면 조용한 자기만의 공간에서 휴식을 필요로 한다. 외향적 인간은 낯선 자극이 스트레스라기보다 활력이 된다. 많

---

1) 수전손택, 〈콰이어트〉 23판, 2013, RHK

은 사람들과의 접촉, 대화가 이들 삶에 필수다. 그래서 외향적 인간은 내향적 인간보다 사회성이 좋다고 평가받는다. 반면에 내향적 인간은 외향적 인간보다 깊게 고민해야 하는 복잡한 일을 해결할 수 있다.

외향적 인간은 보상에 민감하며, 내향적 인간은 경고신호에 민감하다. 즉 외향적 인간은 부와 명예 권력이라는 보상을 위해 투자하고 모험할 준비가 되어 있다. 물론 보상의 크기가 클수록 실패의 가능성도 커진다. 내향적 인간은 보상을 위해 투자하는 과정이 쉽지 않다. 경고신호에 민감하기 때문에 내향적 인간은 실패의 경우의 수를 따지고 고민한다.

할머니는 전형적인 내향적 품성을 지녔다. 혼자 일하기를 좋아하셨다. 다른 할머니들과 떠들면서 노시는 것을 본 적이 없다. 할머니가 경로당에 가시는 날은 손에 꼽는다. 간현에 있는 미용실에 가는 날, 간현은 집에서 차로 30분 가는 거리여서 모셔다드려야 했다. 할머니는 머리를 깎고, 경로당에서 대화하시다가 늦은 오후가 되어서야 돌아오시곤 했다. 아마 경로당 안에서도 다수의 사람과 가벼운 이야기를 나누는 것보다는 옆에 있는 할머니와 단둘이 깊이 있는 대화를 하셨을 것이다. 기차 안에서 처음 보는 아주머니들이 할머니와의 대화에 깊이 빠져드는 것을 기억해보면 할머니의 성품이 대화에 잘 먹혔을 것이라 짐작한다. 다수의 사람과 가벼운 이야기를 하기보다는 단둘의 깊이 있는 대화를 좋아하고, 말하기보다 들어주고, 설득하기보다 조언해주는 것이 내향적 성품을 지닌 사람들의 대화법이다.

　할머니는 보상민감성보다 경고신호에 예민하셨다. 할머니는 내게도 늘 경고하셨다. "도박하지 말어", "빚내지 말고 살어". 내향적 성향의 특성 중 하나는 남들에게 피해 가는 일을 하는 것을 지나치게 경계하는 것이다. "누가 오십 원어치 사주면 공짜가 아녀. 너도 오십 원어치 사줘야 혀", "공짜 좋아하지 말어, 다 나중에 갚아야 혀"라고 말씀하시던 할머니. 그런 성격 때문에 몹시 힘들었던 경험을 털어놓으시곤 했다. 할머니 시집살이할 때였는데 시어머니는 툭 하면 뭘 좀 꾸어오라고 시키셨다. "애, 소금 좀 꾸어와라", "애, 큰댁에 가서 된장 좀 꾸어와라". 꾸어오는 것이 몹쓸 짓을 아니었지만, 성격 때문에 할머니는 도둑질하는 것 마냥 마음이 불편했었다고 한다.

　내향적이었던 할머니는 해가 넘어가면 조용히 방에 혼자 계셨다. 바느질하거나, 신문 또는 성경을 읽었다. 나의 기억 속에는 할머니가 심심하다고 느낀 적이 없었다. 적어도 그렇게 보였다. 할머니가 실제 심심하지 않으셨을까? 친구도 많지 않고, 놀러 다니시지도 않고, 집에서 그렇게 많은 시간 혼자 있는데 심심하지 않으셨을까? 수전 케인에 따르면 내향적 사람은 플로(flow)를 더 잘할 수 있다고 한다. 플로란 어떤 활동에 몰입해 있다고 느끼는 최적의 상태를 말한다. 몰입해 있는 순간만큼은 과거의 걱정도 없고, 미래에 대한 불안도 없다. 오직 현재를 충실히 살아낸다. 내가 할머니를 심심하다고 느낀 적이 없었던 것은 할머니는 늘 무언가에 몰입해 계셨기 때문이다. 나는 할머니가 늘 일하는 것이 불만이었지만, 할머니로서는 그것이 현재를 충실히 살아내는 방법이었다.

인간의 품성은 귓바퀴 연골을 닮았다. 한번 형성된 이후에는 쉽사리 변하지 않으므로 괜히 반창고 붙여서 고생할 필요 없다. 생긴 대로 적응할 방법을 찾는 것이다. 외향적 사람은 자신의 모험을 즐기되 경고 신호들에 더욱 주의해야 하며, 내향적 사람은 경고신호에 지나치게 반응하여 모험 없이 밋밋한 삶을 살아갈 수 있으므로, 내적인 생각이나 충동을 더욱 믿고 행동으로 옮길 수 있어야 한다. 내향적 성격은 한 가지 일에 집중을 잘한다는 장점이 있다. 그래서 재능을 살려서 몰입할 일들을 찾아야 한다. 난 할머니 성격을 닮은 것 같다. 무언가를 위해 모험을 감수할 성격은 되지 못하지만, 소소하게 내가 할 수 있는 일들에 쉽게 몰입하고, 몰입할 곳이 없으면 시간의 지루함을 힘들어하니 말이다.

#. 할머니와 뒷마당 1
- 불장난에 대한 기억

    우리 집 뒷마당은 20평 남짓 되었던 것 같은데, 왼쪽 구석에 창고와 장독대가 들어선 공간이 있었고, 오른쪽 담벼락 앞에는 커다란 앵두나무가 한 그루 있었다. 그리고 그사이에는 작은 텃밭이 있었다. 텃밭 주변으로 돌을 깔아서 사람이 다닐 수 있도록 했는데, 이 좁은 공간은 할머니의 일터였다. 할머니는 텃밭이 있는 뒷마당에서 많은 일들을 해내셨다.

    텃밭에는 겨울을 빼고는 늘 푸른 채소가 자랐다. 상추와 아욱, 고추가 계절별로 자랐다. 여름에 고추장에 쌈을 싸서 먹으면 맛이 참 좋았다. 도톰하게 쌈을 싸서 한입 깊숙이 밀어 넣으면 싱싱하고 촉촉한 상추가 입안을 시원하게 해주고 곧이어 쌈을 씹으면 고추장이 입안을 맵고 뜨겁게 달궈준다. 맛도 있고 느낌도 재밌다. 삼겹살이 있어야 쌈을 싸 먹는 요즘은 그 맛을 통 느낄 수가 없다. 상추 속에서 작은 벌레가 나오기도 했는데, 100% 유기농 농사의 수확물이니 그럴 만했다. 아욱은 찌갯거리로 제공되었는데, 된장국 물속에 흐물거리는 아욱을 떠먹는 식감이 부드럽고 향도 좋았다. 채소가 잘 자랄 수밖에 없었던 것은 우리 집에서 생산되는 모든 음식쓰레기가 비료로 사용되기 때문이었다. 그 시절엔 뭐 하나 버리는 게 없었다. 밭은 '쓰레기'가 될 뻔한 것들을 '비료'나 '재료'로 바꾸어주었다. 마당 구석을 이용해서 자랐던 것이 호박이다. 너부데데한 호박잎과 호박 줄기가 마당 구석의 대추나무 주위와 벽을 타고 놀았고, 가을에는 채소밭까지 침범할 때가 많았다. 다 자란 호박은 당시 초등학생이었던 나의 감각으로 한 아름만 했다. 노랗게 익은 커다란 호박을 쪼겠을 때의 광경은 놀라웠다. 환타 색깔의 속살이 드러났는데 가운데는 비었더랬다. 그걸 가지고 할머니는 호박죽을 해주셨다. 참 맛있었다.

 뒷마당의 주요 역할 중의 하나는 간장과 된장을 만드는 공장 부지를 제공하는 것이었다. 할머니는 이때 공장장에서 일꾼까지 일당백의 역할을 하셨다. 뒷마당에서 보고 경험했던 여러 가지 장면들이 간장과 된장을 만드는 과정이었다는 것은 나중에 알게 된 사실이다. 이 분산되고 혼란스러운 기억들을 정리하고 분류하기 위해 나는 메주 만드는 과정을 인터넷을 통해 검색했다. 인터넷에 나와 있는 대답들은 이미 내가 어려서 뒷마당에서 경험했던 일들을 손쉽게 정리해 주었다. 이 지식에 입각해서 기억들을 모아본다.

첫 번째 장면은 콩을 삶는 과정이다. 학교에서 돌아오면 나무 타는 냄새가 마당에 자욱하다. 뒷마당으로 돌아가 보면 벽돌로 쌓아 만든 화로 밑에서 나무를 태워 커다란 솥에 뭔가를 끓이고 있다. 할머니는 연기 때문에 수건과 헝겊으로 입과 코를 가리고 있는데 옷과 손이 시커멓다. 솥은 우리 집에 있는 솥 중 가장 큰 솥이었고, 솥을 받치는 화로는 할머니가 손수 마련하신 벽돌과 돌멩이들로 만든 것이었다. 연료인 땔감은 마당과 뒷산 등에서 할머니가 손수 주어온 나무들이었다. 나무를 태워 솥의 물을 끓이는 바로 이 과정이 메주를 쑤기 위한 첫 과정, 콩을 삶는 과정이었다.

이 과정에서 에피소드가 하나 있다. 할머니가 콩을 삶느라 장작을 뗐는데, 타고 남은 장작으로 내가 불장난을 했던 적이 있다. 놀이가 끝나고 불을 모두 끈 뒤에 남은 숯은 나중에 한 번 더 놀기 위해서 집 기둥 옆에 잘 두었다. 그리고 나서 몇 시간이 지나지 않아 일이 벌어졌다. 내가 걸어서 10분 거리에 있는 사촌 동생 집에 가서 놀고 있을 때, 우리 집 뒷마당에 무슨 이유에서인지 불이 났고, 불이 또 무슨 이유에서인지 보관하고 있던 시너로 옮겨붙었던 것이다. 불이 삽시간에 번졌다. 고모 집으로 전화가 왔고, 사촌 동생이 '할머니가 형을 찾아'라며 건네준 수화기. 건너편에서 어마어마한 할머니의 음성이 들렸다. 할머니는 이렇게 말했다.

"어여 와, 죄 탔어."

"어여 와, 밥 먹어"란 말은 수백 번 들어보았지만, "어여 와, 죄 탔어"는 평생 처음 들어보았다. 처음 듣는 문장이지만, 그 순간 나에겐 내가 곱게 모셔놓은 숯덩이가 떠올랐고, 그 말이 의미하는 재앙적 상황을 즉각적으로 알아차렸다. 할머니도 평생 처음 해보았을 말이었을 것이나, 그 한마디로 내가 모든 것을 알아들었으리라는 것을 의심하지 않으셨다. '탔어'라는 말은 숯덩이가 문제를 일으켰다는 의미고, '죄'라는 말은 문제가 '모든 것'으로 퍼져버렸다는 의미다. 불씨가 장작만 태우다 말았으면 '탔다'라는 말 앞에다가 '죄'라는 말은 붙이지 않는다. 그렇다면, 그렇다면… 나는 심장이 뛰고 식은땀이 났다. '전화를 하셨으니 전화기는 아직 안 탔네'라는 생각을 할 수 있었더라면 조금이라도 위안을 받았을 텐데, 어린 나이에 그런 논리적인 사고를 할 수는 없었다. 할머니가 짧으면서도 단정적으로 말하고 끊었으므로 나의 걱정은 집이 모두 타

버린 듯 새까매졌다. 집까지 달려가는 몇 분의 시간이 마치 몇 시간처럼 느껴졌다.

다행히 불은 집의 한쪽 벽면과 천장 일부를 그슬린 채로 소화되었다. 불이 난 것을 뒷집 할머니가 발견하고, 담벼락 너머로 고래고래 소리를 질러 할머니를 불렀고, 할머니는 혼신의 힘을 다해 물을 퍼 날랐다고 했다. 아차 하면 집 전체를 다 태울 수 있는 아슬아슬한 사건이었다. '죄 탔어'라는 말은 장작과 장작 옆의 여러 잡동사니들이 죄 탔으며, 자칫 집 전체가 죄 탈 뻔했다는 의미였다. 그리고 물론 할머니의 의도는 아니었겠지만, 짧은 시간 동안 나의 마음도 '죄 탔다'가 살아났다.

나는 불이 타고 지나간 마당과 한쪽 벽면 사이를 오고 가면서 연방 같은 말을 내뱉었다.

"이상하다. 내가 분명히 다 껐는데."

"참 이상하네. 내가 분명히 모래를 이렇게 얹었는데…."

머리를 조아려가면서.

검댕이 줄무늬를 그리며 지나간 할머니의 얼굴을 차마 똑바로 바라볼 수조차 없었다. 나는 마당을 뱅뱅 돌면서 혼자 중얼거리는 것 외에 달리 뭘 해야 할지 몰랐다. 할머니 얼굴의 검댕과 그 비장

함은 람보도 안 부러울 정도였다. 집에 있는 것조차 마음이 힘들었던가 보다. 나는 다시 사촌 동생네로 몸을 피했다. 저녁이 되어도 집에 돌아갈 엄두가 나지 않았다. 저녁 늦게 전화가 왔다. 괜찮으니까 집에 오라는 엄마의 다정한 목소리였다. 감당할 수 없는 사고를 쳤으므로 오히려 용서가 된 모양이다.

해설 2. 흙, 바람, 미생물, 그리고 할머니

　할머니는 산소를 호흡하는 호기성 생명체다. 대기 중에 존재하는 20% 농도의 산소를 흡입하면 산소는 할머니 몸속으로 들어가 곧 세포 전체로 분산된다. 세포 안에 들어온 산소는 할머니가 먹은 밥과 함께 미토콘드리아라는 세포소기관에서 일하게 된다. 미토콘드리아는 비유하자면 에너지를 형성하는 세포 난로인데, 세포당 수십 개에서 수백 개까지 들어 있다. 이해하기 쉽게 설명하자면 입으로 먹은 밥은 위장에서 분해되어 당분의 형태로 세포 난로 속으로 들어가서 장작이 되고, 산소는 세포 난로의 숨구멍으로 들어가 장작을 태우고, 그때 발생하는 에너지(ATP, 아데노신 삼인산)로 우리의 몸이 더워지고, 움직일 에너지가 생기는 것이다.

　산소를 싫어하는 생명체도 있는데, 이들을 혐기성 미생물이라고 한다. 이들은 에너지를 얻는 대사과정에 산소가 필요하지 않고, 산소가 있으면 오히려 생존에 위협을 받는다. 할머니는 된장과 간장을 만들 때 혐기성 미생물의 도움을 받았다. 눈에 보이지 않는 세균들이었지만, 이들의 삶의 결과물들은 눈에 보였기 때문에 혐기성 미생물의 도움을 받는 방법은 조상들에 의해 경험적으로 터득되어 전수되었다. 혐기성 세균들의 호흡법 덕택에 된장과 간장이 만들어지고, 땅속 항아리 속에 담가둔 김치가 맛있게 익는다. 이 과정을 이용해서 서양 사람들은 치즈와 와인을 만들었다. 이 과정을 발효라고 한다. 발효를 주도하는 미생물들이 누구냐에 따라서 맛이 조금씩 달라진다. 특정 지역에서 나는 치즈 또는 와인이 특색있는 맛을 내는 것은 특정 지역의 설비나 제조 공법이 독특해서가 아니다. 그 치즈 공장 또는 양조장의 미생물이 다르기 때문이다. 우리 집에 오는 사촌 동생은 우리 집 된장국이 맛있다고 했다. 할머니의 손맛도 있지만 우리 집 항아리에 거주하는 미생물들 손맛의 독특함이 있다는 말이다. 할머니는 혐기성 세균들이 잘 자라도록 항아리의 문을 꼭 닫아놓으셨다.

할머니는 음식이 남으면 땅속에 버리기도 하셨다. 땅속에 버려진 음식들은 오래가지 않아 썩기 시작하는데, 이때는 호기성 세균의 도움을 받는다. 음식이 썩을 때는 산소가 필요하다는 말이다. 썩은 음식들은 마당에서 자라날 채소의 양분이 된다.

따스한 햇살이 본격적으로 내리쬐기 시작하는 봄이 되면, 초록 빛깔의 채소들이 밭을 뒤덮는다. 채소들이 초록인 것은 이파리에 존재하는 초록빛의 파장을 반사하는 엽록소들 때문이다. 엽록소는 땅속의 물과 양분과 이산화탄소와 햇볕을 이용해서 당분을 만들어내면서 동시에 공기 중으로 산소를 돌려놓는다. 그 산소 중 일부는 호기성 생명체인 할머니의 몸 안으로 흡수되었을 것이다.

할머니는 밭에서 채소가 잘 자라려면 질소성분이 필요하다는 것을 아셨다. 과거 밭에 질소를 보충하는 방법이 두 가지가 있었다. 하나는 콩과식물을 심는 것이다. 콩과식물의 뿌리에 사는 질소 고정 세균은 공기 중의 질소를 고정하는 능력이 있다. 콩과식물을 2~3년에 한 번 밭에 심어주면 다음 해 작물 수확량이 크게 늘게 되는 것은 질소가 늘어나기 때문이다. 두 번째 질소 보충방법은 분뇨였다. 분뇨에는 풍부한 양의 질소가 들어 있어 이것을 비료로 사용하면 역시 질소 보충에 도움이 된다. 할머니는 첫 번째는 하지 않으셨지만 본인의 소변을 활용하는 두 번째 방법으로 질소공급을 해결하셨다. 화장실에는 할머니만 사용하는 요강이 따로 있었다. 요강에 소변이 가득 차면, 할머니는 요강의 소변을 밭에다가 뿌리셨다. 소변 안에는 질소가 요소의 형태로 존재하는데, 이것이 미생물에 흡수되어 식물에 들어가서 채소들이 무럭무럭 자랐다. 그중 일부 식물은 다시 할머니의 몸속으로 들어가 생명체의 활동을 돕고, 그 대사과정에서 생긴 요소는 또다시 소변으로 배출되어 밭으로 돌아갔다. 〈하이후우야 나기다루〉라는 책에는 이렇게 쓰여있다고 한다.

오줌이 채소가 되는 곳, 도읍

어제 본 소변은 국으로 들어가네.[1]

   돌아보면 뒷마당의 텃밭은 단순히 채소를 기르는 곳이 아니다. 그곳에서 만들어지는 일용할 양식들은 다양하고 셀 수 없이 많은 미생물과의 협업의 결과물이다. 나는 그곳을 '복합 생태 농장'이라고 이름 붙인다. 복합 생태 농장의 주인은 '자연'이며, 할머니와 미생물들은 농장의 일꾼들이다. 일한 만큼의 결과물을 돌려주는 맘 착한 농장주 밑에서 지낸 시간 동안 할머니와 온갖 종류의 미생물들은 더불어 행복했을 것이라고 짐작한다.

1) 후지이 가즈미치, 〈흙의 시간〉, 2017, 눌와, 189p

#. 할머니와 뒷마당 2
- 메주에 대한 기억

    콩을 푹 삶는 데는 6~7시간이 걸린다. 인터넷상에서 확인한 시간이 그렇다. 종이와 나무를 태워서 불을 땠던 그 시절에는 더 많은 시간이 소요되었을 것이다. 콩이 다 삶아지면 콩이 식기 전에 콩을 빻아야 한다. 나는 자주 콩을 빻았다. 검은색 철로 된 절구에 콩을 넣고, 철로 된 절굿공이로 빻기 시작한다. 할머니는 옆에서 주걱으로 안 빻인 콩을 절구 가운데로 모으는 일을 하셨고, 나는 무거운 절굿공이를 들었다가 절구 가운데로 내리꽂았다. 내가 팔이 아플 땐 역할을 바꾸기도 했다. 할머니는 할머니의 가는 팔로 참 잘도 절구질을 하였다. 절굿공이를 들어 올릴 때만 팔에 힘을 주셨는데, 작은 체구의 목과 어깨, 팔의 근육이 함께 움직였던 게 기억난다. 그리고 절굿공이가 내려갈 때는 팔에 힘을 빼고 절구의 무게만을 이용했다. 그렇게만 해도 잘 익은 콩들은 절구통 바닥에서 눌리고 문대졌다. 그런 데 비해 나는 요령 없이 팔에만 힘을 주어서 그런지 금방 팔이 금방 아파왔다. 왼손 오른손 번갈아서 절구질을 했다. 그때 사용하던 절구통과 절구는 아직도 선명하게 기억한다. 절구는 검은색이었고 표면은 단단하고 거칠고 차가웠다.

절구통에서 빻아진 콩들은 네모난 모양으로 다듬어져서 건조되는 과정을 밟는다. 네모난 벽돌 모양으로 단단하게 다듬어진 이것을 메주라고 한다. 메주는 건조되는 과정에서 특유의 냄새를 풍긴다. 할머니는 메주를 끈에 붙들어 매어 처마 밑에 매달아 놓기도 했고, 집안 곳곳에 보관하기도 했다. 특히 할머니 방은 이 시기 메주의 보관창고 역할을 했고, 할머니는 메주를 무슨 값나가는 패물이라도 되는 것처럼 방의 가장 아랫목에 모셔놓고 이불을 덮어주기도 했다. 이 시기엔 집안 전체에 메주 냄새가 진동했다. 옷에서도 메주 냄새가 났다. 콩 빻는 일이 끝나면 할머니가 이 일과 관련해 나를 부르는 일은 없었다. 나도 시키지 않은 일을 알아서 하지는 않았고 사실 하고 싶지도 않았다. 메주가 풍기는 향이 좋아할 만한 냄새는 아니었으니까. 그래서 그랬는지, 놀라운 것은 그 메주들을 십 수년간 매일 같이 바라보면서, 저것이 어디에 쓰는 물건인지 궁금하지 않았고, 물어보지도 않았다는 것이다.

　메주가 간장과 된장을 만드는 재료라는 것은 한참 지난 나중에
서야 알았다. 마당에 상추를 뜯어다가 쌈 싸먹을 때 함께 먹었던
고추장이 처마 밑에 있던 그것이라는 걸 그때는 몰랐다. 할머니
의 손칼국수 속에 넣던 그 맛있던 양념간장이 메주로 만든 것이
라는 것을 그때는 몰랐다. 나중에 알게 된 것도 막연하게 안 것이
고 자세한 과정 즉, 메주를 항아리 속에다가 소금물과 함께 담갔
다가, 나중에 건더기를 으깨어 된장을 만들고, 소금물을 체에 걸
러 끓여 간장을 만든다는 사실은 어른이 되어서야 알았다. 그 사
실을 알고 나니 어릿한 기억이 선명해졌다. 할머니가 마당에 항아
리들을 씻어내던 과정, 항아리 속에 거미줄도 걷어내고, 먼지도
털어내고, 물로 씻어낼 때 할머니는 종종 나를 불렀다. 항아리를
씻고 내가 반드시 했던 행동이 하나 있다. 항아리 속에 얼굴을 반
쯤 집어넣고 소리를 지르는 것이다. 소리가 맑고 가볍게 돌았다.
할머니는 항아리들을 씻기고 바람을 쐬게 한 다음 여기에 메주를
들인다. 오랜 기다림 후엔 메주들이 일용할 양식으로 변하게 된다.
항아리 뚜껑이 덮여있을 때도 있고, 망사만 씌워놓을 때도 있었
다. 한번은 뚜껑을 열어보다가 잠자리가 빠져 있는 걸 보고 놀라
다시 닫았던 기억도 있다. 여하간 간장과 된장은 그렇게 오랜 시간

을 두고 정성을 들여 만들어지는 음식이다.

　그런데 언젠가부터 집에 메주 냄새가 없어졌다. 기억이 막연하여 확실하지 않은데, 아마도 내가 고등학생이던 시절부터인 것 같다. 할머니의 정성과 노력에 비하면 나는 지나치게 메주에 무관심했던 것이다. 이런 무관심의 배경에는 메주에 대한 평가가 들어 있는 듯하여 씁쓸하다. 시장에 가 값싸고 맛있는 것들을 먹으면 될 텐데 왜 굳이 그런 고생을 했는가 싶은 거다.

해설 3. 캠벨 수프 캔

앤디 워홀, 〈캠벨 수프 캔〉(1962)[1]

〈캠벨 수프 캔〉, 1962년. 앤디 워홀의 작품이다. 똑같은 모양의 통조림들이다. 통조림을 모아놓았는데 예술작품이 되었다. 지금도 이 작품이 수십억대의 가격을 호가한다고 한다.

메주에 대한 나의 평가(못생기고 냄새나는 메주에 그 정성을 들일 필요가 과연 있는지)를 새삼 알게 된 후 마음이 씁쓸하던 차에 문득

---

1) 뉴욕현대미술관

이 예술작품이 떠올랐다. 공장에서 찍어내는 공산품도 예술작품의 소재가 되어가는 시대에 하물며 수백 년의 지혜와 수 개월간의 노력이 들어가는 메줏덩어리에 예술적 가치가 없다고 할 수 있냐는 자문이 든 것이다. 처마 밑에 대롱대롱 매달린 메주에서 미적 가치를 전혀 느끼지 못했던 과거가 조금 부끄럽다.

〈캠벨 수프 캔〉에 대한 평론가들의 평 중에 한 가지만 소개하려고 한다. 예술작품이 가져오는 효과에 대한 얘기다. 예술작품은 때때로 우리에게 외상(Trauma)을 줌으로써 실재(Reality)를 제시하는데, '반복'하여 보여주는 것이 하나의 방법이 되기도 한다. 대량생산, 대량소비의 시대에 살기 때문에 '반복'이 역설적으로 현실을 드러내는 트라우마가 될 수 있다는 것이다.

실제로 우리는 매일 똑같이 생긴, 똑같이 만들어진 음식을 먹고, 옷을 입고, 핸드폰을 사용한다. 심지어 우리는 대개 비슷한 TV 프로그램을 시청하고, 비슷한 뉴스를 보고, 비슷한 연예인에게 열광하고 비슷한 유행을 탄다. 우리는 제품부터 미디어, 유행까지 깡통처럼 외형이 비슷한 것들을 소비한다. 그러다 보니 우리는 모두 비슷한 일상을 영위한다. 아침부터 저녁까지 직장인의 생활이란 게 다 거기서 거기다. 생각해 보면 공장에서 나온 공산품만 비슷한 게 아니라, 우리 개별자들의 모습도 비슷한 것이다. 이렇게 말하면 혹자는 이렇게 반발할지도 모르겠다. 공산품은 똑같지만, 우리는 적어도 똑같지는 않다고. 이런 반발을 예상이나 한 듯 앤디 워홀은 통조림에다가 약간씩 변화를 주어서 똑같지 않게 만들었다. 자세히 보면 통조림은 모두가 다른 맛이다. Onion 맛도 있고, Tomato 맛도 있고, Beef 맛도 있다. 우리만 서로 다른 게 아니라 '알고 보면 통조림도 서로 다르다'고 말하는 듯한데, 우리가 서로 다른 정도가 마치 통조림 맛이 다른 정도라고 비꼬는 것 같다. 우리 중에는 두산 베어스를 지지하는 사람도 있고, 롯데에 열광하는 사람도 있다. 마마 무를 좋아하는 사람도 있고, 방탄소년단을 좋아하는 사람도 있고, 다르긴 하다. 아이들의 교육에서도 이 정도의 다름을 경험한다. 대개가 영어와 수학 위주로 학원에 다니지만, 몇몇은 EBS를 이용하기도 하고, 어떤 아이들은 개별과외를 받기도 한다. 달라도 영수가 기본임은 변함없다는 측면에서 깡통의 외형만은 유지했던 앤디 워홀의 작품과 맥락이 같다. 생각해 보면 현대인의 삶은 분업·산업화를 거치면서 풍요로워졌을지 모르지만 각각의 개성이 많이 사라진 건 사실이다. 우리가 소비하는 통조림 정도의 차이를 가지면서 살아가니, 내가 살아가는 게 아니라 산업과 미디어가 나를 통해 살아가는 것일지도 모르겠다.

효율과 속도가 어느덧 삶의 기준이 되다 보니 생긴 현상이다. 물속에 있는 물고기가 물의 존재를 인식하지 못하듯, 효율과 속도라는 매질 속에서 태어나 성장해오다 보니 우리는 그것이 선택 가능한 여러 매질 중 하나라는 것을 인식하지 못한다. 효율적이지 않아도 빠르지 않아도 되는 삶의 기준들이 있다는 것을 잊고 산다.

#. 할머니와 빨래

어릴 적, 초등학교 1~2학년 때까지는 참 많이도 할머니에게 혼났다. 가장 많이 혼났던 기억은 집 앞 개울에서 놀다가 돌아왔을 때였다. 나는 아동기 시절 집 앞 개울가에서 노는 것을 몹시 좋아했다. 개울물이 내려오는 길목에 돌멩이와 나뭇가지 등으로 둑을 만들어 물길을 막으면 물이 고이고 옆으로 넘쳤다. 그런 뒤 내가 둑 가운데 물길을 터주면 넘치던 물줄기가 내가 만든 길로 빠르게 내려왔다. 거기에 나뭇잎이나 종이배를 띄워 보내기도 했다. 나는 그렇게 노는 게 참 재미있었다. 적어도 도랑의 물줄기는 나의 의지와 계획대로 움직였으니 그곳에서는 내가 왕이 아닌가. 물줄기를 타고 내려가다가 좌초된 종이배를 구원해줄 자 역시 나밖에 없었으니 말이다. 개울이 있는 동네에서 다른 곳으로 이사 가기 전까지 나는 매일 그 개울가로 출근했다. 그런데 문제는 개울물의 수질이었다. 막 개발되기 시작하여 아직 하수도가 정비되기 전의 도심의 개천은 생활하수를 함께 실어 날랐다. 물은 탁하고 냄새났고, 물고기는 없어진 지 오래였다. 수질이 똥물이라서 또랑물. 나는 상관없었지만, 할머니는 상관이 많았다. 할머니는 의자 손잡이에 먼지만 보여도 닦아내셔야 하는 깔끔한 성격이셨고, 옷에 오물이라도 묻으면 당장 빨래를 해 놓으셔야 하는 분이었다. 그 더러운 하수도인지 개울인지에서 놀다가 오는 손주의 젖은 바지는 늘 할머니 성격의 심지에 불을 댕겼다. 저 녀석이 또 거기서 놀다 왔냐면서 할머니가 쫓아오시면 나는 꽁지 빠지게 도망을 다녔다. 나의 꼬임에 빠져 함께 놀았던 사촌 동생들도 함께 도망을 다녔다. 한번은 정말 당황했던 적이 있다. 다섯 살이나 여섯 살 정도 되었을 법한 그 날의 기억이 또렷하다. 그 날도 도랑에서 놀다가 엉덩방아를 쪘다. 엉덩이에 물이 흥건하게 묻었고, 나는 이번만은 어떻게든 안 들키고 집에 들어가리라 다짐했다. 대문을 열고 들어가는데 할머니가 현관 앞에 서 계셨다. 그다음 장면, 나는 할머니에게 엉덩이를 보이지 않기 위해 벽에 바싹 붙었다. 할머니가 쏘아보셨겠지. 나는 그 눈길을 피하기 위해 벽에 바싹 붙은 채로 옆으로 걸었다. 왼발 오른발 한 발짝씩 번갈아서 왼쪽으로 이동하니, 벽에 엉덩이물 자국이 그대로 남는 게 아닌가. 범죄의 현장이 드러난 담벼락을 바라보며 난 망연자실할 수밖에 없었다. 담벼락이 나를 일러바치다니. 어떻게 이런 일이. 나는 현장에서 붙들렸다. 할머니는 나를 데리고 도랑 앞 담뱃가게로 갔다.

"할아버지, 이 녀석이 여길 또 오면 이걸로 혼내줘요."

할머니는 담뱃가게 할아버지에게 몽둥이를 하나 맡겼다. 가겟집에서는 도랑이 바라다보였고, 내가 다시 도랑에 나타나면 그 몽둥이로 파리나 해충을 쫓듯 나를 쫓아내라는 할머니의 주문이었다. 할아버지는 말없이 그 물건을 건네받았던 것으로 기억한다. 그러나 할머니의 잔소리도 몽둥이의 위협도 도랑에서의 나의 과업을 멈추게 할 수는 없었다. 나에게도 빨랫줄 같은 끈기와 오기가 있었나 보다. 다행이었던 것은 담뱃가게 할아버지 손에 들린 몽둥이를 다시 본 일은 없었다는 점이다. 살짝 마음이 따뜻해지는 시골마을의 풍경이 아닐까. 요즘 도시에서는 상상도 못 할 일이니까.

할머니에게 혼난 기억은 대부분 밖에서 놀다가 옷을 더럽혀 빨랫감을 만들어 올 때의 기억이다. 그리고 그때 할머니의 반응을 나중에 다시 생각하게 된 것은 내가 자식을 낳은 후였다. 나의 자녀들이 손주가 되었고, 그것을 바라보는 부모님의 눈길을 보니, 할머니에 대한 기억이 새롭게 다가왔다. 할머니에게 나 역시 눈에 넣어도 안 아플 손주였다. 끼니를 거르는 손주의 허기를 그대로 느끼시는 분이셨다. 그런 분이었음에도 할머니는 내가 빨랫감을 이고 들어오는 날이면 역정을 내셨다. '경 칠 놈의 ○○… 망할 놈의 ○○…' 욕도 많이 들었다. 모질고 고된 삶을 이어가야 하는 여성으로서 감내해야 하는 일들은 이미 턱밑까지 차올랐다. 하루하루 고단한 일상에서 불안정하게 유지되는 감정의 고요를 턱턱 치고 올라오는 것이 빨래였고, 그중에도 이런 빨래는 가장 더러운 하수 냄새가 나는 빨래였다. 허구한 날 빨랫감을 이고 들어오는 손주가 얼마나 얄미웠을까.

빨래와 연관된 기억이 하나 더 있다. 내가 겨울에 밖에서 놀다가 들어오면 할머니는 거의 반사적으로 "왜 이렇게 얼음장이여" 하면서 손을 끌어다 따뜻한 아랫목 이불 아래로 끌어당기셨다. "손이 차가워, 왜 밖에서 놀아." 내 손은 이불 속에서 덥혀질 때까지 할머니의 손에 잡혀 있었다. 할머니의 손은 나와는 다른 손이었다. 그 손이 '다른' 이유는 추위에 대한 남'다른' 기억을 가진 손이기 때문이다.

할머니가 귀하게 여겼던 1호 보물은 그 손을 보살피는 물건이었다. 할머니 방 농장 밑에는 노란색 플라스틱의 원통형 케이스가 있었는데, 뚜껑을 돌려서 열면 반질반질 윤이 나는 바셀린 로션이 가득 담겨 있었다. 할머니는 추위에 부르튼 내 손에 바셀린 로션을 발라주었다.

"옛날에는 이게 없었어. 이거 하나만 있었으면 참 좋았을 텐데. 옛날에 겨울에 빨래하러 가면 말이지. 그 얼음을 깨고 빨래하면 그렇게 손이 아프고, 나중에는 죄 갈라지잖여. 그럼 두고두고 아팠어. 그때 빨래 장갑이랑 이거 하나만 있었으면…. 허허허."

지금의 이 호강이 기쁨에 버거운 건지, 그 날의 고통이 안타까웠던 건지 알 수 없는 웃음으로 기억은 마무리되었다. 나의 차가운 손은 할머니의 기억을 추위로 손이 아팠던 빨래터로 데려갔다. 겨울철 빨래터는 몹시 힘들다. 얼음을 깨고 빨래하면 손이 얼어붙고 나중에는 터서 갈라진다. 갈라진 손끝은 두고두고 아프다. 그때, 바셀린 로션만 있었더라면 얼마나 좋았을까. 바셀린 로션하고 빨래 장갑을 그 시절의 자기에게 가져다주고 싶다고 할머니는 종종 말씀하셨다.

세탁기

빨래의 기원은 인간이 옷을 입기 시작한 시간으로 거슬러 올라
간다. 아마도. 나뭇잎으로 중요부위만 가리고 살았을 거라고 상상
되는 태곳적 이야기가 아니라면(나뭇잎을 빨아서 다시 걸치는 일은 없
었을 테니까) 인간의 역사에 빨래는 늘 함께였을 것이다. 의복을 깨
끗하고 단정히 차려입는 것은 인간사 대대로 내려오는 미풍이었
다. 깨끗한 의복은 사람의 마음가짐과 지위, 그리고 체면까지도
말해주는 것이었다. 그러나 빨래는 전적으로 여성의 몫이었다. 적
어도 할머니가 살아가신 20세기까지만 해도 빨래를 포함한 가사
노동은 여성이 도맡았다. 비비고, 두드리고, 헹구고, 비틀고 털어
말리는 빨래의 몇 가지 동작을 나는 할머니의 뒷모습을 통해 십
수년간 지켜보았다. 그래서 자신 있게 주장할 수 있다. 빨래는 의
복의 역사지만 누군가에게는 고난의 역사였다고.

할머니는 화장실, 또는 마당의 수돗가에서 비비고 두드렸고, 마

당의 빨랫줄 앞에서 비틀고 털어 널었다. 빨랫줄은 가늘었지만 강했다. 수년 이상을 같은 자세로 비바람을 이겨내면서도 약간 색이 바래는 것 외에는 변함없었다. 빨랫줄은 절대로 늘어나거나 끊어지지 않았다. 지치지 않는 끈기 또는 시들지 않는 오기를 가진 인간을 두고 '빨랫줄 같은 인간'이라는 비유를 사용한 문학작품을 본 적이 없다는 것은 정말 안타까운 일이다. 할머니는 평생 빨래를 하셨다. 거의 매일 했을 것이다. 언젠가 세탁기가 우리 집 화장실 구석에 설치되고 나서야 빨랫줄같이 끊어지지 않을 줄 알았던 빨래 생활의 끝이 보이기 시작했다. 세월이 가면서 세탁기는 할머니의 노동을 대신해 주었다.

장하준 교수는 그의 저서 〈그들이 말하지 않은 23가지〉[1]에서 세탁기가 인터넷보다 세상을 더 많이 바꾸었다고 했다. 세탁기의 등장 이전에는 여성의 대부분이 가사노동을 해야 했고, 여성의 취업 역시 대부분 가사노동에 관련한 일들이었다. 세탁기는 주부의 손으로 4시간 동안 노동해야 하는 빨래 시간을 40분으로 단축시켰다. 세탁기와 더불어 등장한 가전제품의 도움은 가사노동을 현저히 줄였고, 그로 인해 여성과 남성 모두의 삶이 변했다. 여성들은 가사노동으로부터 탈출하여 노동 시장으로 진출했고, 이는 여

---

1) 장하준, 〈그들이 말하지 않은 23가지〉, 2010, 부키

성들의 사회적 지위도 향상시켰다. 여성의 교육여건도 향상되었고, 경제적 능력이 있는 여성들은 남성 없이도 혼자 살 수 있었다. 이것은 사회에서나 가정에서나 여성의 삶을 극적으로 변화시키는 계기가 되었다.

우리 집에서 세탁기의 역할은 장하준 교수의 주장만큼 극적이지는 않았다. 세탁기가 우리 집 좁은 화장실의 커다란 면적을 차지하고 있었지만 할머니는 세탁기 옆에 쭈그리고 앉아서 손빨래를 하는 경우가 많았다. 할머니는 세탁기를 잘 안 쓰는 이유를 이렇게 설명했다. "이것이 물을 많이 먹잖여."

본인의 옷을 비비고 두드려 빨았던 횟수만 해도 엄청날 것인데 할머니는 본인 옷보다 훨씬 더 많은 사람의 옷을 비비고 두드리면서 빨래를 해내셨다. 그 사람들이 몇 명이나 될까? 얼추 짐작만 해보자. 1917년에 태어나셨고, 19세 때 이씨 가문에 시집을 오셨다. 당시 시댁에는 시어머니와 다섯 명의 시누이가 있었다. 일단 그 시점이 본인이 해내어야 했던 빨래의 양이 급증했던 시기였을 것이다. 그리고 자녀를 여섯 낳아 기르셨다. 다른 것은 두고 기저귀만 봐도 빨래의 양이 어마어마했다는 것을 짐작할 수 있다. 일회용 기저귀도 없었고, 팬티 기저귀도 없던 시절이었다. 아기 한 명이 만들어낼 빨랫감의 양은 요즘 사람들은 상상도 못 할지 싶다. 아이 여섯을 기르는 어머니의 하루 일과의 반은 세탁기 역할이었을 것이다. 비비고 두드리고 비틀어 털면서 하루의 반 이상을 보내셨을 것이다. 식민지 시대와 내전, 전쟁 후의 가장 궁핍했던 그 시기가 할머니에게는 자기 인생에서 가장 많은 빨래를 감당하는 시기였다. 이것은 그 시기를 살아간 조선 며느리들의 가혹한 운명이었다.

보일러

어머니는 새벽에 일어나셔서 연탄을 가셨다. 이른 새벽의 매서운 추위와 캄캄한 어둠을 뚫고 현관문을 열고 나가서 좌측으로 건물 모퉁이를 돌면 연탄아궁이가 있다. 연탄구멍이 두 개고 한 구멍에 연탄 두 장씩이 들어갔다. 연탄 가는 방법은 그때나 지금이나 변하지 않았을 것이다. 먼저 아궁이 뚜껑을 열어서 거의 꺼져가는 연탄을 밖으로 빼낸다. 화력이 좋은 연탄을 아래에 놓고 시꺼먼 새 연탄을 위에 놓는다. 그러면 아래 연탄이 꺼지기 전에 위에 연탄에 불이 붙는다. 그리고 방바닥에 온기가 돈다. 방 안에 골고루 온기를 퍼뜨릴 정도의 화력은 아니라서 윗목 아랫목 온도 차가 뚜렷하다. 뜨거운 아랫목에 이불을 깔고 이불 속에 들어가 누우면 세상 전체가 따뜻하게 느껴진다. 잠을 자는 시간은 몹시 행복했다. 후 불면 입김이 보일 정도여서 얼굴은 차가웠지만 이불 속 몸 전체는 따뜻했다.

이 시기 몇 번 잠을 깨서 어머니의 새벽 일과를 본 기억이 있다.

몹시 인상적이었던 것은 어머니의 행동이 무척 빨랐다는 것이다. 연탄을 갈고, 도시락을 싸기도 했다. 6시가 되면 어머니는 텔레비전을 켜고 '정철 생활영어'를 틀어 놓고 화장을 했다. 얼굴에 하얀 것을 곤지처럼 찍어 올린 후 손끝으로 비벼 없애고 입술을 바르셨는데 속도가 요즘 젊은 여자들도 못 따라갈 것이다. 식사시간도 시간에 쫓기시듯 물에 밥을 말아 후루룩 비우셨다. 새벽에 많은 일이 이루어져야 등이 따시고 배 속이 따뜻해지던 시절. 어머니의 아침 배 속은 늘 차가웠다.

나는 연탄보일러가 싫었다. 왜냐하면 타고 남은 연탄재가 우리 어린이들의 놀이생활에 심각한 악영향을 끼쳤기 때문이다. 눈이 오면 곳곳에 생기는 자연산 눈썰매장은 어린이들에게 큰 기쁨을 주었다. 내 또래의 아이들은 표면이 미끄러운 것이면 뭐든 썰매로 사용했다. 비료 포대를 들고 뒷산이건 골목이건 가리지 않고 눈이 쌓인 경사길을 썰매장 삼아 놀았던 기억이 난다. 그러나 기쁨도 잠시, 어른들은 한나절도 채 가기 전에 눈이 쌓여 미끄럽다면서 연탄재를 눈길 위로 뿌려버린 후 밟아버렸다. 주부들도 연탄을 좋아하지는 않았다. 연탄 가는 일도 번거로웠을 것이고, 가을만 되면 연탄을 구입하는 일, 지하실에 쌓아놓는 일, 타고 남은 연탄을 처치하는 일 등 연탄은 손이 많이 가는 난방재료였다.

연탄보일러를 기름보일러로 바꾸는 일엔 대대적인 공사가 필요했다. 초등학교 4학년 정도 되었을 때였다. 우리 집에 보일러를 교체 공사하는 기간 동안 나는 며칠간 사촌 동생네 집에 가서 잠을 잤다. 그리고 다시 돌아온 집엔 연탄도 없었고, 연탄을 갈기 위해서 새벽에 일어날 필요도 없었다. 기름보일러로 바꾼 후 어머니가 느긋하게 식사를 하셨는지는 모르겠다. 다만 난 수도꼭지에서 따듯한 물이 콸콸 나오는 것에 감격해서 다짐했다. 난 커서 반드시 따듯한 물이 잘 나오는 집에서 살리라고. 큰누나가 지나가면서 한 말이 기억난다. "됐어, 이제 우리 집도 됐어"라고.

젖병

어머니는 원주기독병원에서 간호사로서 일하시다 정년 퇴임하셨다. 어머니 정년퇴임식 때였다. 난 당시 내과 레지던트 1년 차로 근무하고 있어서 다행히 근무 중이었음에도 퇴임식에 참여할 수 있었다. 퇴임 예배를 드리는 채플 강당에 마침 아버지가 와 계셨다. 퇴임을 기념하는 퇴직자분들이 어머니 말고도 몇 분 더 계셨다. 어머니에 대한 사회자의 설명 중에 아버지와 나는 깜짝 놀랐다. 사회자는 어머니가 근무한 기간이 37년이라고 했다. 내가 아버지에게 물었다. "37년이었어요? 27년 아니에요?" 한 사람이 한 직장에서 37년 근무한다는 것은 아무래도 너무 긴 시간이 아닌가.

내 기억으로는 27년인 것 같아 확인 차 아버지에게 물었다. 아버지도 놀라는 기색으로 대답하셨다. "그렇게 오래 일했나?"

간호사는 절대 만만한 직종이 아니다. 때로는 환자들의 날 선 언어도 소화해야 하고, 의사들과의 트러블도 감수해야 한다. 병원에서의 일이 결코 수십 년 일한 만큼 수월하지 않다는 것을 경험으로 알고 있다. 그래서 어머니에게 그 세월을 어떻게 견디셨냐고 물어보았더니, 어머니는 힘들어할 여유도 없이 지나가 버렸다고 말씀하셨다. 그 시간 동안 어머니는 아버지의 뒷바라지와 가족의 생계도 도맡아야 했고, 세 명의 자식도 낳아 기르셔야 했고, 아이들의 소풍날에는 새벽같이 일어나서 김밥도 마셔야 했다.

어머니가 자식을 낳아 기르면서도 직장생활을 계속할 수 있었던 가장 중요한 발명품 하나만 고르자면 당연히 젖병이다. 젖병이 아니었다면 아이를 어떻게 길렀으며, 어떻게 직장생활을 했을까? 만약 어찌어찌 직장생활을 계속하셨다면 세 명의 우리 남매가 지금처럼 건강하지 않았을 것이다. 당시는 육아 휴직이 한 달이었다. 어머니는 아이를 낳고, 한 달 정도의 모유 수유 후에 젖을 끊어야 했다. 젖병이 없었다면 여성에게 출산과 직장생활은 함께할 수 없는 일이다.

젖병이 발명되기 전 세상의 모든 어머니들은 아이에게 적어도 2년 정도 젖을 물렸다. 3~4년 젖을 물리는 경우도 흔했다. 모유 수유는 아이가 이유식을 먹기 전까지 계속되어야 했는데, 모유 수유를 하는 동안은 배란과 월경이 중단되었기 때문에 임신이 되지 않는다. 여성의 월경 생리 주기에 대한 지식이 없었던 시절에 모유 수유는 자연적 피임을 유도하여 아이들의 나이 터울이 2~3년 이상 되도록 조절해주었다. 이것은 아마도 식량이 충분하지 않고, 육아환경이 어려웠던 전근대사회에서 영아 사망률을 줄이는 데 도움이 되지 않았을까. 모유 수유가 배란을 억제하는 것은 아이 하나를 낳아 집중해서 돌보는 시간을 확보하기 위한 자연선택의 결과가 아닐까 싶다.

아이들은 젖병을 좋아한다. 울고 보채다가도 젖병만 물려 놓으면 안정된다. 우유가 나오지 않는 공갈 꼭지마저도 가리지 않는다. 아마도 배를 채우는 수단인 동시에 내가 돌봄을 받는다는 것을 꼭지를 통해 느끼는 것 같다. 그래서 가끔은 나처럼 젖병과 이별하는 데 매우 오랜 시간이 걸리는 아이들도 있는 것이다.

빨래 장갑
옛날 아주 먼 옛날, 지구 상에 나무라는 것이 처음 등장했을 때였다. 약 지금으로부터 대략 3억5천만 년 전이었던 당시의 육상 생태계엔 세균류와 이끼류 그리고 육상의 식물들과 몇몇 곤충들이

전부였다. 이 시기 생명체들은 이 나무라는 것이 너무 낯설어 어떤 용도로 사용해야 할지 몰랐다. 나무를 목재로 사용할 인간들도 존재하지 않았고, 나뭇잎을 먹어치울 초식동물들도 없었다. 세상엔 세균들과 몇몇 곤충들이 있긴 했었으나 나무를 먹거나 분해할 능력도 없었다. 나무의 성분인 셀룰로오스와 나무를 더 단단히 만드는 리그닌 같은 단백질 성분들은 지구 상에 처음 등장한 것들이어서 어떤 세균도 이용할 줄 몰랐던 것이다. 나무들은 치솟듯 자라다가 쓰러져 그대로 땅에 묻혀 버렸고, 분해되지 않았으므로 썩지 않고 숲과 늪지에 쌓여갔다. 정말 긴 시간이 지나는 동안 땅 위에 쌓였던 나무들 중 일부는 지각변동에 의해 땅속 깊은 곳에 묻히기도 했다. 이때 땅속에 묻힌 나무들은 고온고압에 의해 변성되었고, 오늘날 석탄이라 불리는 물질이 되었다. 오늘날의 사람들은 고생대 후기에 속하는 이 시기에 '석탄기'라는 이름을 붙였다.

　고생대에 출현한 나무들만큼 낯선 물건이 신생대를 사는 인간에 의해 개발되었다. 인간은 물에 녹지도 않고 젖지도 않는 합성물질을 만들었다. 무엇보다도 이 합성물질은 너무도 낯선 것이어서 이 세상의 어떤 세균도 이 신물질을 분해시키지 못했다. 대표 물질인 각종 비닐과 플라스틱 제품들은 육지와 바다에 떠돌아다니고 있다. 전 세계적으로 1년에 2억5천만 톤의 플라스틱이 만들어지고 있고, 이 중 800만 톤이 바다에 버려지고 있고, 오늘날 한국인 한

명이 일 년에 108kg의 플라스틱을 소비하고 있다고 한다. 이 물질들은 분해되지 않아 지표면에 축적되어만 간다. 이것이 생태계에 미치는 악영향은 점증하고 있어 인류의 미래는 플라스틱으로 절멸할 수도 있다는 주장까지 나오고 있다. 이 모든 플라스틱 제품은 지구 표면에 그대로 쌓일 것이고, 먼 훗날 인간이 살았던 이 시기를 대변하는 지층이 될지도 모르겠다. 지성이 있는 후손들이 운 좋게 살아있다면 플라스틱이 검출되는 이 시기 지층을 보며 '플라스틱 시대'라고 이름 붙일 것이다.

그러나 문명의 폐해가 아무리 지구를 위협한다고 하더라도 문명을 무조건 비난할 수는 없다. 추운 겨울 개울가에서 얼음을 깨고 맨손으로 빨래해 본 사람은 그 문명의 혜택이 얼마나 고마운지를 안다. 썩지 않고 물에 젖지 않는 빨래 장갑과 화석연료인 석유를 이용해서 만든 바셀린 로션. 이 두 가지가 가져온 삶의 질적 변화만으로도 우리는 감사할 부분이 있는 것이다. 오늘날 플라스틱이 낭비되고 버려져 문제가 되는 것은 '물질'에 대한 고마움이 결여된 탓 아닐까.

#. 할머니의 범행 1
- 휠체어 탄 할머니

할머니는 뛰지 않는다. 뛸만한 기력이 없는 것도 있지만 뛸만한 이유가 없는 것도 하나의 이유가 되겠다. 살 만큼 살아보니 마음 졸이며 뛰어다녀봐야 다 소용없더라는 것을 아시는 것이다. 그래서 그런지 할머니가 뛰는 모습은 아이들이 뒷짐 지고 걷는 모습처럼 어색하다. 우리 집 할머니도 그러했다. (딱 한 번의 예외가 있긴 한데 그것은 뒤에 소개하겠다.) 아무리 바빠도 종종걸음이다. 할머니가 종종걸음 하셨던 날의 기억이 있다. 내 초등학교 입학식이 있던 날이었다.

초등학교 들어가기 며칠 전, 작은누나가 내가 내 이름을 쓸 줄 모른다는 사실을 알고 폴짝폴짝 뛰면서 나에게 이름 석 자를 가르쳐 주었다. 이름 쓸 줄은 알고 학교에 가야 한다고 작은 누나가 흥분하면서 말했던 기억이 난다. 내가 이름을 배우는 그 시간에 나와 함께 놀던 나의 사촌 동생인 남경원과 남진원도 덩달아 글자를 배웠다. 이름도 쓸 줄 알게 되었다는 사실이 학교에 대한 기대감을 떨어뜨렸을까. 아니면 오만해졌던 걸까. 나는 입학식이 있는 바로 그 날 아침에 학교에 가지 않았다. 친구네 집에서 놀고 있었다. 마당에서 친구랑 노는데 멀리 초등학교 운동장에서 들려오는 음악 소리에 친구 엄마가 깜짝 놀라며 내게 말했다. "얘, 너 오늘 학교 가는 날 아니니? 빨리 가서 할머니에게 학교 가야 한다고 얘기해. 어서." 나는 집으로 달려와서 할머니에게 입학 날이라는 소식을 전했다. 할머니는 서두르셨다. 빠르게 채비를 하여서 내 손을 잡고 학교로 향했다. 뛰지는 않으셨고 종종걸음이셨다. 나는 할머니 손에 이끌려 학교에 맨 마지막 학생으로 입학했다. 나는 6개까지 있는 반에 맨 마지막 반인 1학년 6반으로 배정되었는데, 맨 마지막으로 입학해서 그런 것 같다고 당시에 생각했다.

할머니가 내 손을 잡고 초등학교에 갔었던 1982년의 이른 봄날, 그날로부터 딱 20년이 지난 2002년에는 내가 할머니 손을 잡고 바로 그 초등학교에 갔다. 20년이라는 세월에 강산도 변했고, 정권도 변했고, 걸음걸이도 변했다. 그날은 지자체 선거일이었다. 도지

사와 시장, 시의원 등 지자체장을 뽑는 날이었다. 할머니는 평생한 번도 투표를 걸러본 일이 없다. 무슨 일이 있어도 투표만은 하셨던 할머니지만 그날은 사정이 어려웠다. 할머니가 쇠약해져서걸을 수 없는 상황이 되었기 때문이다. 정구 아저씨의 배려로 집에휠체어가 준비되었고, 내가 할머니를 태워서 초등학교까지 모시고 가게 되었다. 몸은 쇠약해졌고, 눈도 침침하고, 손도 떨려서 도장이 제대로 될지 모르겠지만 정신은 아직 또렷하셔서 투표해야겠다는 의지는 분명했다. 옷을 곱게 차려입은 할머니를 태운 휠체어를 몰고 일산 초등학교로 향했다. 20년 전의 흙바닥 길은 아스팔트로 포장되었고, 내가 물장난하던 개울은 하수시설이 들어서고 위로 보기 좋은 벽돌로 인도가 생겼고, 종종걸음 대신 휠체어바퀴가 굴렀다. 학교 건물도 변해있었다. 노란색 벽에 낡은 기와를올렸던 낡은 건물은 헐리고 붉은색 벽돌로 지어진 건물이 새로 들어섰다. 나무로 된 미닫이문이 아닌, 두꺼운 강유리로 된 문을 밀어 열면서 투표장에 들어섰다. 신원확인을 하고 투표용지를 받는데, 맙소사, 용지가 12장인데, 용지마다 길이가 다 다르다. 할머니가 감당할 만한 수준을 넘어선다. 할머니에게 일일이 사람을 확인할 수는 없으니 특정 정당을 밀자고 말씀을 드렸지만 너무 많다.아니나 다를까 투표부스에 들어간 할머니는 계속 나를 불렀다.

"낙원아, 어디여? 어디여?"

휠체어를 잡고 있다가 살짝 부스 안으로 고개를 디밀어 손짓으로 찍어야 할 곳을 가리키고 다시 나왔다.

할머니는 또 불렀다.

"낙원아, 어디여? 어디여?"

다시 부스 안으로 고개를 들이미는데, 선관위원이 제지했다. 그러시면 안 된다고.

할머니는 투표장 안에서 나를 수십 번 부르셨다.

"낙원아, 어디여?"

할머니가 투표하는 것을 기다리는 그 시간, 내 이름이 투표장에 울려 퍼지는 그 시간이 왜 그렇게 길게 느껴지던지. 투표하고 나오는 길에 지역 신문기자가 할머니를 취재했고, 할머니는 그날 최고령 투표자로 지역신문에 났다. 그날이 할머니 생애 마지막 투표였는데, 마지막 세레모니처럼 할머니는 휠체어 투혼을 발휘했다.

#. 할머니의 범행 2
- 뜀뛰는 할머니

할머니가 뛰는 것을 목격한 적이 단 한 번 있다. 아무리 뛰는 것이 어색해 보이는 할머니라도 어떤 충분한 이유가 있을 때는 뛸 수도 있다. 다만 그런 상황이란 게 상당히 예외적이어서 우리의 일반 경험 속에서는 쉽게 접할 수가 없을 뿐이다. 할머니가 뛴 날, 나는 풍물시장에 있었다. 할머니는 뛰어오고 있었다. 수십 미터는 되는 거리를, 사람들이 붐비는 혼잡함을 뚫고 할머니는 뛰었다.

풍물시장은 5일에 한 번 장이 섰다. 할머니는 종종 풍물시장에서 물건을 사 오셨다. 나는 가끔 할머니가 도움을 청할 때만 풍물시장에 할머니와 함께 갔다. 풍물시장은 많은 할머니들이 물건을 서로 팔기도 하고, 구입하기도 하는 곳이다. 우리 할머니는 판 적은 없고 매번 사기만 했는데, 그날 우리가 풍물시장에 간 이유는 팔기 위함도 사기 위함도 아니었다. 그날 기억을 설명하자면 우리가 왜 풍물시장에 가게 되었는지부터 풀어야 한다.

바로 그날, 할머니가 뛰었던 시간의 한 시간쯤 전. 나는 운전을 하고 있었다. 우리 집 자가용인 액셀을 끌고 밖에 나왔다가 집으로 돌아가는 길이었다. 운전 중에 멀리서 할머니 같은 사람이 지나가는 것이 보였다. 할머니 걸음걸이는 독특했으므로 나는 대번에 알아보았다. 첫 번째는 작고 왜소한 체구와 파마머리, 두 번째는 발목까지 오는 긴 치마의 변함없는 의상으로 알아보고, 세 번째는 걸음 자세로 알아본다. 할머니는 앞으로 내딛는 한발 한발에 힘을 실으려는 듯 발을 내디딜 때마다 고개를 까딱까딱하신다. 하여간 이 밖에도 말로 표현할 수 없는 개성이 있다. 말로 표현되는 외모와 자세에 더불어 말로 표현 안 되는 무엇이 더해져 할머니의 걸음은 멀리서도 알아볼 수 있다. 쌀쌀한 가을바람 부는 오후였다.

나는 차를 돌렸다. 할머니가 있는 방향으로 가기 위해서 일산동 주택단지를 오르다가 길을 돌아 다시 내려왔다. 할머니가 뭘 들고 있는 것이 보였기 때문이다. 가까이 가 보니 내가 잘 왔다 싶을 정도로 할머니는 무거운 걸 들고 있었다. 앞으로나란히 하듯 두 손을 앞으로 뻗었고, 손에는 쌀 포대기 같은 것을 들고 있었다. 저것 때문에 걸음이 힘들고 그래서 고개가 평소보다 더 까딱거리신 것이다. 저런 자세로는 팔이 아파서 100m도 나아가기 힘들 것이다. 차를 길가에 세우고 차창을 내리고 할머니를 불렀다. 늘 그랬듯이 할머니는 내가 차에서 내려서 가까이 가서 부른 후에야 나를 알아보았다.

"할머니, 지금 뭐하시는 거예요. 이걸 들고 어딜 가시는 거예요?"

할머니는 나를 알아보더니, 잘 되었다며 차 뒤에 타셨다. 풍물시장에 가자고 하셨다. 자초지종을 물었다. 할머니 말씀이 이 포대기 안에 고양이가 들어 있다고 하셨다. 얼마 전부터 우리 집 마당에 도둑고양이가 한 마리 들어와 살았는데, 할머니가 밥을 챙겨주고 몇 달이 지나면서 할머니와 고양이 간에는 꽤나 돈독한 정이 들었다. 고양이는 밤이면 기와집이었던 우리 집 천장 어딘가에 살았고, 낮에는 나와서 마당을 서성였다. 할머니가 마당에 빨래를 널면 고양이는 온갖 애교를 부리면서 할머니 다리에 몸을 비볐다. 할머니 말이 그렇게 정을 나누는 사이가 되고 보니 겨울이 섬뜩해졌다는 것이다. 추운 겨울에 이 녀석을 밖에다 재울 생각을 하니 할머니의 맘이 불편했다. 고민 끝에 할머니는 풍물시장에 잘 아는 분에게 고양이를 키우라고 가져다 맡길 계획을 세웠고, 마침 오일장이 선 날에, 또 마침 손에 들어온 쌀 포대기가 있길래 계획을 실행에 옮겼다. 그때 할머니 말이 그대로 기억난다.

"아가, 들어와, 우리 집은 춥잖여. 따듯한 집에 데려다줄게."

할머니가 포대기를 열고 고양이에게 말을 걸었더니, 놀랍게도 고양이가 순순히 포대기 속으로 쏙 들어오더라는 것이다. 할머니는 그 이야기를 하면서 껄껄 웃었다. "세상에 고양이가 말을 알아듣더라니까"라면서. 그래서 날름 그걸 집어 들고 풍물시장으로 출발했던 것이고, 마침 집에서 멀리 떨어지지 않은 곳에서 나와 마주친 것이다. 나는 차를 아카데미 극장 앞에 세우고 할머니를 내려드렸다. 할머니는 쌀 포대기를 가지고 내리셨고, 잠시만 나보고 기다리라고 하셨다. 잠시 후, 할머니가 보이는데, 뛰어오고 있었다. 수십 미터는 되는 거리를, 사람들이 붐비는 혼잡함을 뚫고 할머니는 뛰었다. 할머니는 차 뒤에 타시더니 숨을 가쁘게 몰아쉬면서 또 껄껄 웃으면서 말씀하셨다.

"허허허, 고양이가 쫓아오는 줄 알고 뛰었잖여."

이 정도면 아무리 할머니라도 뛸 만한 이유가 되지 않겠는가. 사람이든 고양이든 정 떼기 위해서는 적당히 해서는 안 된다. 뒤도 안 돌아보고 뛰어야 떼어진다.

#. 풍물시장의 기억

　오일장이 열린 날. 할머니는 몇 가지 장을 보기 위해 나를 데리고 풍물시장에 갔다. 할머니는 주인이 없어 자리가 빈 상점 앞에서 쭈그리고 앉아 기다렸다. 그늘막 아래로 돗자리 위에 몇 가지 나물을 널어놓고 파는 곳이라 상점이랄 것까지도 없었다. 불쾌하게 내리쬐는 햇볕을 피할 생각도 없이 할머니는 주인이 올 때까지 기다렸다. 옆에서 지켜보던 상인들이 아무 데서나 사가시라고, 더운데 고생하시지 마시라고 하는데도 할머니는 단골집에 의리를 지켜야 한다면서 자리를 지켰다.

　"단골집에서 사야 혀, 기다려."

　할머니는 빨리 사서 집에 가자고 채근하는 나에게도 마치 상거

88

래의 '의리'를 가르치시려는 듯 타이르셨다. 할머니는 가끔 이해할 수 없는 고집을 피우실 때가 있었다.

한참을 기다렸던 것 같다. 주인이 나타났다. 이미 할머니의 '의리'는 주위 상인들의 이목을 끌던 터라 주인이 골목 끝에서 나타나자마자 주위 상인들이 외쳤다.

"왔네, 왔어."

"빨리 와요. 손님이 오래 기다렸어!"

"어디를 갔다 와, 이 사람~"

상점 주인은 주위 상인들의 시선을 받으며 자기 자리에 앉았다.

"내가 단골이라 오래 기다렸잖여." 할머니는 웃으며 인사했고, 주인도 뭐라 뭐라 인사했다. 할머니는 들깨랑 몇 가지를 주문했다. 주인이 물건을 챙겨 검은 비닐 봉투에 담아 주었다. 그리고 계산할 시간.

돈을 주고 잔돈을 돌려받는데, 할머니가 갑자기 동작을 멈추었다. 할머니의 시선은 주인장 얼굴을 향해 있었고, 전체적인 동작은 멈춤이었다. 할머니 눈동자의 동공은 점차 커졌으리라. 드디어 '일시 정지'가 해제된 후 할머니가 말했다.

"에그메, 어떻혀, 아녀. 그 양반이 아니네!"

의리를 지키려고 기다렸던 그 사람이 자신의 단골이 아님을 뒤늦게 알아본 것이다. 주위 상인들이 박장대소. 어처구니가 없었던지 할머니도 같이 웃었다. 할머니에게는 자신의 개그에 자신이 웃는 묘한 능력이 있었다.

해설 5. 외롭거나 허무하지 않은 삶

어렸을 때 할머니는 무서운 분이었다. 세월이 흐르면서 내가 할머니와 시선이 비슷해졌을 즈음 할머니는 늘 같은 자리를 지켜주시는 편안한 분이었다. 그리고 내 덩치가 할머니보다 커지면서 힘든 일을 도와드려야 하는 나이가 되었을 때 할머니는 귀엽고 재밌는 분이었다. 그리고 마지막 십 년간은 할머니는 누구보다도 연약한 분이었다.

세월에 따라 다른 얼굴을 하고 계셨지만, 느낌은 하나다. 대나무를 쪼개면 나무의 재질의 특성 때문에 한 결로 쪼개진다. 봄에 잎이 나고, 가을에 서늘한 바람에 낙엽이 지고, 겨울엔 찬바람을 이기고 대쪽같이 서 있어 계절에 따라 다른 모습을 보일 수는 있지만, 쪼개질 때는 하나의 결로 갈라진다. 내 기억 속 할머니의 모습이 다양할지라도 한결같게 느껴지는 것도 할머니의 내적 속성 때문이다. 할머니가 화를 내셨던 것도, 때로 눈물을 훔치신 것도 결국은 사랑이라는 내적 속성 때문이다. 그래서 억척같이 먹이시고, 빨래하고, 청소하시고, 해마다 김치와 된장을 만드셨다. 물론 그 일을 하지 않으면 안 되는 사회의 포지션 때문이기도 했다. 너무나 일찍 떠안게 된 대가족 안에서의 첫째 며느리 자리, 그리고 어머니와 할머니로 이어지는 주부의 역할들. 할머니는 가부장제 시대, 여성에게 부과된 과도한 노동을 감당해야 했던 마지막 세대였다.

그러나 할머니만의 일터가 있다는 사실은 할머니에게 큰 선물이었다. 할머니는 1인 회사의 직원이자 사장이었다. 노력한 만큼 결과물을 내어주는 텃밭과 자신이 원한 일들을 벌일 수 있는 마당이 회사 자체였다. 사장님은 그곳에서 벌어지는 일들을 계획하고 수행하고 수확물들을 거두어 사랑하는 사람을 먹이셨다. 할머니는 누군가를 사랑해서 살아갈 힘을 얻었고, 그들을 위해 일하시는 것을 기쁨으로 아셨다. 그래서 할머니의 노년의 삶은 외롭거나 허무하지 않았다. 때로 고단하고 힘에 부치는 날들이 있었을지라도 행복했다. 내가 그렇게 판단하는 이유가 있다. 그것은 할머니가 늘 감사의 기도를 하셨다는 사실이다.

2부

노년의 몸에 대하여

오랜 시간 함께 말하고 말을 들어주는 것. '경청'을 통해 우리는 대상을 표면적으로 알아채는 것보다 훨씬 깊이 있게 파악한다. (…) 할머니는 기차 안에서 옆에 앉아있는 사람과 말을 주고받다가 친해졌고, 목적지에 도착해서 헤어지면서 서로 아쉬워하시곤 했다. 귀를 기울이다 마음을 기울인 것이다. 사람 인(人)의 글자가 그저 기울이고 있는 것처럼.

대단하지 않은 사람을 두고 '별 볼 일 없는 사람'이라고 한다. 여기서의 별이 밤하늘의 별을 뜻하는 것인지 아니면 다른 의미인지는 모르겠지만, 여하간 오해를 살 수 있기 때문에 적당하지 않은 말이다. (…) 인간의 몸에는 거대한 '별을 끝장내고 탈출에 성공한' 철이 들어 있으며, 철을 다루는 멋진 배달부들도 엄청나게 많다. 인간이라면 누구나 몸 안에 25조 개 정도의 적혈구를 가지고 있고 적혈구 하나에는 2억 개의 헤모글로빈 단백질이 있고 하나의 헤모글로빈 안에는 4개의 철 원자가 들어 있다. 이것만으로도 인간은 별 만큼 대단하지 않은가.

#. 젊음의 속도

아이들의 속도감에 감탄했던 적이 몇 번 있다. 초등학생이 된 딸 아이와 공기놀이할 때였다. 손가락을 비틀면서 공기를 방바닥에 내려놓으면 공기들이 적당한 간격으로 바닥에 내려앉는다. 한 알 단계부터 시작해서 2, 3, 4단계를 모두 지나면 5단계에 이른다. 5단계는 공기 알을 던져서 손등으로 잡은 다음 다시 던져서 공중에 있는 공기 알을 떨어뜨리지 않고 손바닥으로 잡아채면 성공. 이 때 성공한 공기 알의 개수만큼 숫자로 나이를 매긴다. 다섯 개 모두 손에 넣으면 다섯 살, 세 개 잡기에 성공하면 세 살, 이런 식으로 합산하여 나가면 딸 아이의 나이가 언제나 나보다 많았다. 아이의 작은 손에 공기 알 다섯 개가 모두 잡히는 장면은 정말 대단했다. 손이 보이지 않을 만큼의 속도와 정교한 동작이 필요한데 아이들은 태어난 지 10년도 채 되지 않아 그 세밀한 동작을 습득하는 것이다.

아이들 체육대회에 간 적이 있다. 체육대회의 마지막은 계주 시합이다. 아이들의 뛰는 모습을 보기 위해 나는 축구 골대가 있는 모퉁이에 자리를 잡았다. 빵! 소리와 함께 아이들이 달렸다. 계주 선수는 손에는 배턴을 들고 팔을 힘껏 앞뒤로 흔들면서 달린다. 직선 도로에서 배턴을 이어받은 아이가 전력 질주를 한다. 그리고 곡선코스인 트랙을 돌 때는 정말 놀라웠다. 속도 때문에 발생한 원심력으로 경기장 밖으로 튕겨 나갈 법도 한데, 아이들은 몸을 트랙 안쪽으로 기울이고, 좌우 다리의 근력을 조절하면서 곡선코스를 부드럽게 질주했다. 내가 있는 곳 근처를 지나는 아이의 얼굴 볼살이 출렁거리고 허벅지와 종아리 근육의 윤곽이 보였다. '와! 빠르고 세밀해!' 아이들의 달리기 속도와 그것을 제어하는 근육들의 세밀한 움직임에 정말로 감탄하지 않을 수 없었다. 그러나 그 속도는 생애의 주기에 따라 확연히 달라진다.

어린이 체육대회 중간에 열리는 어머니 달리기 시합은 슬로비디오를 보는 것 같이 답답하다. 대체로 팔의 움직임에 비해 다리의 움직임이 원활하지 않고 얼굴은 관성을 이기지 못해 뒤로 제쳐진다. 표정은 비장하지만, 속도감이 느껴지진 않는다. 나는 직장에서 열린 체육대회 달리기 시합에 출전한 적이 있다. 있는 힘껏 직선코스를 달렸고, 곡선코스에 진입했을 때 속도를 감당하지 못해 운동장 바깥으로 튕겨 나갈 뻔했다. 다행히 함께 달리던 다른 분이 넘어지는 바람에 꼴찌는 면할 수 있었다. 어른들은 넘어지는 모습도 아이들과 다르다. 풀썩 넘어졌다가 금세 일어서는 아이들과 달리, 그분은 몇 발자국 덜컹거리다가 쫘당 넘어졌고 한동안 일어나지 못했다. 달리기뿐이랴. 20대를 지나면 인간의 몸은 모든 면에서 퇴화국면에 진입한다.

산다는 것은 점점 느려지는 현상을 경험하는 것이며, 느림에 점차로 익숙해지는 과정이다. 운동장 트랙을 뛰던 분들이 나이 들면 서서히 걷는 산책을 즐기고, 농구나 배드민턴 같은 격한 운동은 무릎을 상하게 하므로 삼간다. 개나 고양이를 반려동물로 기르기보다는 화단 가꾸기를 즐긴다. 건널목을 건널 때 신호등 신호가 빨간불로 바뀌어도 걷는 속도가 변하지 않으므로 파란불이 켜지자마자 움직여야 한다. 눈이 녹지 않은 겨울 길을 걸을 때, 미끄러운 계단을 내려갈 때, 조심해야 하며 가급적 그런 길에는 외출을 삼가야 한다. 음악도 그렇다. 빠른 템포의 랩이나 댄스곡을 듣던 아이들은 어른이 되어 발라드나 트로트를 즐겨 듣는다. 느림에 익숙해지다 보면 빠름이 낯설고 성가실 때가 있다. 할머니는 〈가요

무대〉를 즐겨 보셨고, 〈가요톱10〉을 틀어놓으면 시끄럽다고 하셨다. 할머니는 집안을 분주하게 뛰어다니는 아이들을 보고 이렇게 말씀하시곤 했다.

"어지러워, 가만있어~"

#. 노년의 속도

늦은 밤. 삐그덕 방문이 서서히 열린다. 한 번에 열리는 게 아니어서 '삐그덕'이 아니라 '삐그으덕, (쉬고) 삐걱'이다. 거실의 형광등 불빛이 어두운 방의 안쪽으로 스며든다. 곧, 고요를 뚫고 사람이 나온다. 천천히 한발 한발 촘촘하게 바닥을 다지면서 나온다. 나오는 데 한참 걸린다. 할머니다. 할머니는 자기 방에서 나와서 곧장 거실의 벽시계를 향해 걷는다. 좌우로 약간씩 흔들리는 바람에 직선으로 이동하는 것보다는 시간이 더 걸린다. 벽시계 아래 다다라 할머니는 고개를 든다. 한쪽 눈꺼풀이 아직 완전히 열리지 않은 채로 할머니는 말씀하신다.

"몇 시여? 몇 신데 아직 안 자, 어여 자."

할머니는 화장실로 향하려고 하신다. 방향을 바꾸는 데 몇 초 걸린다. 시계가 있는 방향에서 화장실이 있는 방향으로 몸을 90도 틀어야 한다. 다시 촘촘하게 거실 바닥을 다지면서 걷는다. 드디어 화장실에 들어가신 할머니, 화장실 불을 안 켜신다. 화장실 문을 약간만 열어놓으면 거실 불빛으로 일(?)을 보는 데 충분하므로 불필요한 전기를 아낄 수 있다. 할머니는 일을 보신 후 다시 방으로 들어가신다. 가끔은 거실 소파에 앉아서 호흡을 한번 크게 하신 후 한 번 더 말씀하신다. "몇 시여? 어여 자." 방문이 삐그으덕 닫힌다.

날이 밝으면 할머니의 속도는 좀 더 빨라진다. 한발 한발 내딛는 발걸음에 조급함이란 찾아볼 수 없다. 한쪽 발은 절대 다른 한쪽 발을 따라잡을 의도가 없어 보인다. 아무런 의도가 없는 발걸음이 뜻밖의 수확을 맞을 때가 있다. 집 안에 쥐가 발견되었을 때였다. 우리(나와 사촌 동생들이었던 것으로 기억한다)는 쥐를 쫓았다. 나는 빗자루를 들고 뛰었고, 다른 사람은 고무장갑을 꼈다. 쥐의 몸놀림은 매우 빨랐고 우리를 놀리는 듯 도망 다니다가 현관 밖으로 나갔다. 우리는 뒤쫓았다. 앞마당의 잡동사니들이 쌓인 곳에 숨어 들어 우리는 막대기로 구석구석을 쑤셔댔다. 잠시 소강상태를 타서 쥐는 잡동사니에서 나와 잽싸게 달아났다. 건물 모퉁이를 돌아지하실로 향하는 계단 쪽으로 쏜살같이 내달렸다. 놓쳤다고 생각하는 순간 할머니의 목소리가 들려왔다.

"에그메, 이게 뭐여~ 쥐 아니여."

우리는 할머니의 목소리가 들리는 곳으로 달려갔다. 할머니는 지하실로 내려가는 계단에 엉거주춤 서 계셨다. 할머니 말이 뭐가 물컹 밟히길래 꾹 눌러버렸다고 했다. 뒤처리도 할머니가 하셨다. 할머니는 어설프게 빨라서는 따라잡을 수 없는 쥐를 의도 없는 느린 걸음으로 제압해 버렸고, 쥐의 사체도 처리해 주시는 담력을 보여주셨다.

해설 6. 느림의 미학

    지금은 빠른 것만을 선호하는 시대다. 빠름이 시대적 가치다. 올림픽에서는 더 빠른 사람에게 상을 주고, 더 빨리 시험문제를 푸는 사람이 좋은 학교에 가고, 더 빨리 물건을 배송하는 업체가 돈을 번다. 한국에서 일하는 외국인 노동자들이 가장 먼저 배우는 말이 '빨리빨리'고, 한국의 인터넷 속도는 세계 최고 수준이며, 한국 도심의 자동차들은 빨리 가기 위해 새치기와 꼬리잡기를 아주 잘한다. 한국은 지구 상에서도 유독 빠른 속도를 선호하는 민족임이 틀림없다. 미디어들은 빠름을 지닌 젊음을 찬양하고, 느린 사람들에게는 더 빨라질 것을 촉구한다.

    동물 세계의 면면을 보면 속도의 중요성이 더 절박하게 느껴지기도 한다. 병들거나 쇠약해서 빨리 달리지 못하는 영양이나 누는 포식동물에 쫓기다 잡아먹히고 만다. 빠르지 못한 새들은 더 빠른 새들에게 잡아먹히고, 느리고 둔한 물고기들은 상어에게 잡아먹히기 쉽다. 지구 상에서 가장 느린 포유동물인 나무늘보가 대변을 보러 나무에서 내려왔다가 재규어에게 잡아먹히는 장면을 보면 속도가 곧 생존이며 더 나아가 빠른 것이 올바른 것이 아닌가라는 생각에 이르게 된다. 그러나 꼭 그럴까? 할머니의 속도를 보면 꼭 그렇지만은 안다는 것을 알게 된다.

　사람이 문을 열고 나올 때를 살펴보자. 아무렇지도 않은 일상적 동작이지만 할머니의 동작으로 보면 많은 것들이 보인다. 삐끄으덕. 이 소리는 다습한 여름에 유독 심해지고, 장마철에는 문이 열리지 않아 할머니가 안에서 문을 못 열기도 했다. 건조한 겨울 날씨에는 나무문짝이 마르면서 사이즈가 줄어 문 열기가 수월해진다. 이때 소리는 '삐걱'으로 그치는데, 소리에 계절이 담겨 있음을 본다. 문이 열리고 사람이 걸어 나올 때, 우리는 이것을 하나의 동작으로 착각하지만 천천히 보면 그렇지 않다. 문을 여는 것과 걸어 나오는 것은 전혀 다른 운동에 속하며, 두 분야의 근육들이 정교하게 협조할 수 있어야 부드러운 동작으로 이어진다. 총총걸음으로 걷는 무거운 발걸음과 약간 비틀거리긴 하지만 스러지지 않는 몸에서는 균형 감각기관이 일함을 본다. 괘종시계를 올려다보는 할머니의 얼굴이 눈꺼풀을 치켜 올려 뜨려고 할 때, 아직 감겨 떠지지 못한 한쪽 눈꺼풀에서 결코 좌시할 수 없는 중력의 힘을 본다. 이렇듯 속도를 느리게 하면 우리의 일상사가 아주 섬세한 일들로 가득 차 있음을 깨닫게 된다.

그뿐이 아니다. 느린 속도로 봐야 보이는 것들이 있다. 작고 느리게 움직이는 계절의 움직임, 그중 가장 빠르다는 봄의 속도조차 느리고 차분히 있어야 감상이 가능하다. 아침에 피고 저녁에 지는 꽃잎의 운동, 땅속에서 올라오는 상추 잎사귀들, 대추나무의 고목을 뚫고 올라오는 새순들. 햇볕이 담벼락 그림자를 걷어내면서 마당의 파란 잎사귀들을 찾아가는 모습들. 바람에 부딪히는 나뭇잎 파리들의 떨림들, 비 온 뒤 막혔던 입구를 뚫어라 열심히 모래알갱이들을 퍼 나르는 일개미들의 일사불란한 움직임들. 꽃술에 얼굴을 파묻고 행복에 겨워 엉덩이를 떠는 꿀벌들. 모두 빠르게 지나가는 일상사 속에서는 놓치고 마는 것들이다. 천천히 걷고, 천천히 창밖을 내다볼 때 비로소 보인다. 느린 세상 속의 생명의 약동을.

슬로우 월드(slow world).

우리는 모두 언젠가 슬로우 월드의 시민이 된다. 근력이 저하되고, 피부의 탱탱함이 사그라지면서 속도도 느려진다. 앉았다가 일어서는 것도, 섰다가 앉는 것도 신경 써야 할 움직임이 될 것이다. 이때 슬로우 월드의 시민으로 인정받는가 하는 것은 입이 함께 일하는지의 여부로 판단하면 된다. 앉았다가 일어설 때 또는 누웠다가 반대방향으로 돌아누울 때 입에서 '에구구', 또는 '끄응' 하는 소리가 난다면 그분은 슬로우 월드의 시민이라고 생각해도 좋다. 그러나 느려졌다고 자괴감 가질 필요가 없다. 인간이 빨라 봐야 얼마나 빠르겠는가. 인간이 아무리 빨라도 네발로 뛰는 설치류보다 느리고, 또 아무리 느려도 식물의 뿌리가 자라는 속도를 감당하지 못한다. 자기가 가진 속도에서 차분히 볼 수 있는 것들에 집중하면 된다.

조금 더 설명하자면 슬로우 월드 시민들에게도 보이지 않는 속도감이 있다. 그들 혈관 속의 적혈구들은 평균 시속 5~6km의 속도로 달리고, 심장에서 막 출발한 것들은 초속 4.6m의 날아다니는 속도로 뿜어 나온다. 손이 가시에 찔렸을 때 이것을 알아채도록 하기 위해 신경세포들은 시속 129km의 속도로 전기신호를 뇌로 전달한다. 그들의 세포 소기관 리보솜에서는 10초에 하나 꼴로 단백질을 만들어낸다. 단백질의 구조는 미친 듯이 구겨 뜨려 놓은 옷걸이처럼 생겼는데, 모양이 조금이라도 다르면 다른 효과를 내므로 만들기가 여간 까다로운 게 아니다. 단백질을 만드는 데 걸리는 시간인 10초는 신비로운 속도다. 그뿐 아니다. 슬로우 월드의 시민 모두는 시속 수십 내지 수백 킬로미터 이상의 속도(적도에 사는 시민들은 무려 시속 1,700km의 속도이다)로 지구와 함께 자전하고, 그들 모두는 우리가 속한 태양계와 함께 초속 200km(시속 72만 킬로미터)의 속도로 우리 은하 중심부를 끼고 공전하고 있다.

#. 방귀

나와 할머니, 우리 둘은 조그만 밥상을 사이에 두고 마주 앉아 있었다. 내가 대학교 1학년 때였던 것 같다. 밥상 위의 메뉴는 기억이 안 나지만 뻔하다. 된장찌개, 김치, 그리고 아마도 두부 정도였을 것이다. 하여간 식사시간이 한창이었고, 날씨가 더웠는지 나의 복장은 러닝 하나 걸쳤던 것으로 기억한다.

부엌에 식탁을 놔두고 굳이 거실 쪽상에서 밥을 먹은 이유를 추측해 보건대, 역시 더위 탓이리라. 할머니는 여름 더위에 늘 나와 비슷한 셔츠 하나를 입고 계시곤 했다. 목 아래는 셔츠가 견디어낸 세월을 증명하듯 할머니의 피부처럼 축 늘어져 있었고 색깔은 누르스름했다. 그렇게 우린 정말 편한 복장으로 밥상을 사이에 두고 앉아있었다. 말없이.

그때였다. 배 속이 부글거리면서 강한 압력이 아랫도리 최하단의 중앙부위로 몰리는 것이었다. 방정맞게 방귀라고 부르는 바로 그것이 나올 참이었다. 허, 참…. 밥상 앞에선 난처한 일 아닌가.

그렇다고 다른 어딘가로 가서 일을 볼 만큼 어려운 자리도 아니었던 터. 난 정중하게 할머니께 말씀을 드리고 일을 치르는 것이 좋겠다는 생각에 말문을 열었다.

"할머니, 저…. 방귀 좀 뀌겠습니다."

할머니는 대답이 없으셨다. 그래서 다시 한 번 조금 더 큰 목소리로 말했다.

"할머니, 방귀 뀐다구요~"

역시 할머니는 나의 말은 못 들은 척, 말없이 숟가락만 움직이시는 것이었다. 이것은 암묵적인 동의겠지. 생각하며 나는 아랫도리의 괄약근에 주었던 힘을 풀었다. 순간,

"뿌~웅."

나도 약간 당황할 정도로 큰 울림이 터져 나왔다. 과장하건대 밥상이 조금 흔들렸다. 그때 할머니 갑자기 숟가락을 상에 놓으시고, 고개를 드신 후 나를 바라보셨다. 이어서 할머니가 말씀하셨다.

"뭐라고?"

#. 전화통화

　할머니의 신체 기관 중에서 가장 먼저 기능이 떨어지기 시작한 것은 '귀'였다. 청력이 안 좋으셨지만 대화할 때는 큰 무리가 없었는데, 왜냐하면 잘 안 들려도 상대방의 입 모양을 보면서 안 들리는 부분을 파악할 수 있었기 때문이다. 그러니 시선이 다른 곳을 향해 있을 때는 대화가 쉽지 않았다. 할머니의 연세가 여든이 넘어섰을 때는 청력 저하가 뚜렷해져서 전화로 할머니와 대화하는 것이 어려워졌다. 그런데도 할머니는 재치 있게 대화를 이어가시곤 했는데, 이 때문에 재밌는 장면이 연출되곤 했다. 내가 대학교 3~4학년 때쯤이다. 아래와 같은 내용의 대화는 여러 번 반복되었기에 뚜렷하게 기억한다. 내가 집 밖에서 집으로 전화했을 때 이루어진 대화다. 나는 공중전화부스 안에 있고, 할머니는 집 전화기 앞에 앉아 있다.

'따르릉~'

"여보세요?"

할머니의 수화음성. 문장은 의문문이나 억양과 악센트는 명령문이다. 무뚝뚝한 저음으로 끝나는 이 말에는 전화통화를 오래하고 싶지 않다는 의지가 들어 있다.

"할머니, 저 낙원인데요. 집에 엄마 있어요?"

나는 집에 계신 엄마와 전화를 해야 한다. 그러나 할머니의 대답은 동문서답이다.

"낙원이 집에 없는데…."

상대를 약 올리려는 것일까 아니면 웃기려고 하는 것일까. 아니다. 이 엉뚱한 대답이 순수하고 진지한 대답이었다는 것을 이어지는 대화로 알게 된다. 난 아까보다는 훨씬 또박또박한 발음과 큰 성량으로 말한다.

"아뇨! 제가 낙원이에요."

나는 다시 한 번 강조하면서 외치다시피 한다.

"제가, 낙원인데요, 엄마 있어요?"

할머니 잠시 침묵 후 말씀하신다.

"그려~"

'뚝.'

수화기 내려놓는 소리가 들리고 '뚜, 뚜, 뚜' 통화가 끝났음을 알리는 신호음이 들린다.

나의 외침 후 잠시 침묵은 할머니가 상대방의 말이 끝났음을 기다려주는 배려였을 것이다. 아마도 낙원이 찾는 전화였을 것이고, 내가 없다고 했으니까 상대방도 뭘 전해달라고 했거나 다시 전화해 달라는 주문 정도가 있었을 것이고. 그렇게 할 말 다했음을 확인했으니 알았다고 대답, "그려~"라고 말하고 전화를 내려놓는다. 난청 극복 대화완결. 역시 대단하시다.

해설 7. 노년의 청각에 대하여

 귀는 우리 몸에서 가장 예민한 감각기관에 속한다. 귀는 소리를 듣는다. 소리는 대기의 진동이다. 누군가가 몸의 한구석을 비비거나 떨어서 진동을 일으키면 귀는 그 진동을 포착하여 전기신호로 변화한다. 변환된 전기신호는 뇌에서 의미 있는 소리로 전환된다. 사실 이 과정은 매우 복잡한 세포들의 협조 운동이다. 예를 들어 "밥 먹어"라고 할머니가 말했다고 치자. '밥. 먹. 어' 하나하나의 발음은 다른 형태의 진동이고 각각 귀에 있는 다른 세포들이 반응한다. 귀가 가장 예민한 감각기관이라고 말하는 것은 귀에 있는 유모세포의 섬세함 때문이다. 유모세포는 온갖 가지각색의 떨림에 반응하는데, 그 섬세함이 시각세포보다 뛰어나다. 예를 들어 시각은 1초에 15번 이상 변화하는 사건은 개별적인 변화로 인식하지 못하지만, 귀는 1초에 200회 이상 일어나는 청각적 사건의 변화도 알아챈다. 동시다발적으로 오는 다양한 울림을 감지한다는 것도 큰 장점이다. 이것 역시 시각과 비교해 보면 더 뚜렷이 드러난다. 눈에서 시각을 담당하는 망막세포에는 다양한 색깔의 파장

중 3가지 파장을 감지하는 색소가 존재한다. 적색, 녹색, 청색의 세 가지 파장에 반응한 색소들의 비율로 뇌는 색깔을 만들어낸다. 그러나 청각은 가청영역인 20Hz에서 20,000Hz에 이르는 영역의 진동수에 대응하는 세포들을 모두 가지고 있다. 고막으로 전달된 진동은 이소골이라고 하는 작은 뼛조각에 의해 증폭되면 액체의 진동으로 변환되고, 다시 이것이 청각세포(유모세포) 위로 돋아난 작은 섬모를 움직이면 뇌로 전달되는 전기신호로 바뀐다. 수십 가지의 악기가 동시에 울려 퍼지는 오케스트라의 화려한 음악을 감상하면서 개별 악기의 소리를 구분할 수 있는 것은 정교하게 일하는 귀 속 세포들 때문이다. 게다가 청각은 유일하게 24시간 켜져 있는 감각 시스템이다. 아침에 시간 맞추어 일어나야 하는 경우, 우리는 '알람'을 맞춰놓는다. 아침에 기상 시간을 알릴 알람으로 조명이나 냄새를 사용하지는 않는다. 청각이 가장 예민하게 깨어 있는 감각기관이기 때문이다.

섬세한 귀의 구조 때문인지 할머니가 나이 들면서 가장 먼저 손상된 것도 청각이었다. 처음엔 TV로 드라마나 뉴스를 보실 때 볼륨이 점점 커져갔다. 나중엔 TV가 재미없어졌다면서 보는 일이 뜸했는데, 아마도 청각적 자극이 가장 큰 영향을 주었을 것이라고 생각한다. 할머니의 청력손실은 본인 삶의 재미를 반감시켰을 테지만 손주들에게는 재밌기만 했다. 할머니가 내 목소리에는 반응하지 않다가 방귀 소리에 반응하여 고개를 드셨을 때 나는 배꼽 빠지게 웃었다.

상대방이 누구인지, 어떤 사람인지 파악할 때 가장 유용한 감각 기관은 무엇일까? 당연히 누구나 시각이라고 생각할 것이다. 빛의 속도와 정직함(빛은 똑바로 달린다)을 따라갈 것은 자연계에 없으므로 빛을 통해 정보를 얻는 시각의 장점은 분명하다. 빛은 대상의 표면에 반사되어 우리 눈에 들어온다. 대상이 남자인지 여자인지, 어떤 인상을 가졌는지, 어떤 피부색을 가졌는지, 어떤 제복을 입었는지, 우리는 시각을 통해 가장 빠르게 알 수 있다. 그러나 시각은 거기까지다. 빛은 대상의 표면 아래로는 들어가지 못하기 때문이다.

반면에 청각은 오랫동안 시간을 들이면 피부 또는 표면 아래로 들어갈 수 있다. 오랜 시간 함께 말하고 말을 들어주는 것. '경청'을 통해 우리는 대상을 표면적으로 알아채는 것보다 훨씬 깊이 있게 파악한다. 상대가 어떤 사람인지, 무엇을 좋아하는지, 어떤 아픔과 기쁨이 있는지, 그의 미래에 어떠한 기대 또는 불안감이 있는지 알게 되는 것이다. 할머니는 기차 안에서 옆에 앉아있는 사람과 말을 주고받다가 친해졌고, 목적지에 도착해서 헤어지면서 서

로 아쉬워하시곤 했다. 귀를 기울이다 마음을 기울인 것이다. 사
람 인(人)의 글자가 그저 기울이고 있는 것처럼.

#. 할머니와 심장

할머니는 매일 일을 하셨다. 일을 안 하고 쉬는 날이 없었다. 집 안에 계실 때는 집 안 청소를 했고, 집 밖에 계실 때는 집 밖 청소를 했다. 그 외에 주방일, 빨래, 메주 만들기, 텃밭 가꾸기, 앵두 따기 등 일이 끝이 없었다. 할머니가 하는 일 중에 가장 이해할 수 없었던 일은 현관 바닥을 비눗물로 청소하는 일이었다. 집에 들어오는 입구가 신발을 벗어놓으니 지저분한 게 당연한데, 그걸 주기적으로 비눗물로 박박 닦고 물로 씻어냈다. 이틀 후면 또 지저분해질 것을 왜 저러시나 늘 생각했다. 할머니가 그렇게 일하시니 할머니의 내부 장기들도 덩달아 함께 일했다. 할머니의 장기 중에 가장 고생한 장기는 아마도 심장이 아니었을까? 우리 몸에서 가장 물리적인 노동을 많이 하는 장기가 심장이다. 심장은 일평생 동안 일한다. 심장이 실어 나르는 피의 양은 평균적으로 50억 톤에 달한다. 이삿짐센터에서 이사할 때 사용하는 2톤 트럭으로 피를 나르면 25억 번을 왕복해야 하는 양이다. 평균적인 성인이 그렇다는 얘기니까. 내 생각에는 할머니의 심장은 그 이상의 일을 했다. 그렇게 일하니 지지치 않을 수 없다. 할머니의 심장이 지쳐서 녹다운되던 날의 기억이 있다.

겨울에 뒷마당은 김치 저장창고가 되어주었다. 땅에다 항아리두 개를 뚜껑만 땅 위로 올라올 정도로 묻어놓고 김장김치를 넣어놓으면 겨우내, 이듬해 봄, 상추와 아욱을 심기 전까지 텃밭은 천연산 김치 저장고가 된다. 이 김치 냉장고는 다 훌륭한데 딱 한 가지단점이 있다. 여닫을 때 좀 번거롭다. 장독 위에 가려진 비료 포대를 들어내고(보통 비료 포대를 날아가지 않게 돌멩이나 벽돌을 얹어 놓는다), 장독 뚜껑을 들어내고, 허리를 숙여 항아리 안에 있는 파란색비닐봉지를 젖혀가면서 무나 김치를 하나씩 꺼내온다. 자칫하면흙이 항아리 안으로 들어갈 수 있어서 몸가짐을 조심해야 한다.
김치냉장고를 활용하려면 가을에 땅이 얼기 전에 땅을 파야 한다. 나는 땅 파는 일로 할머니를 여러 번 도왔고, 할머니가 연세가들고 쇠약해질수록 땅 파는 임무는 나의 일이 되었다. 할머니가마지막으로 땅을 파던 해 가을의 기억이다. 그날 아침도 할머니는 아침부터 바빴다. 뒷마당에서 겨울 준비를 하고 계셨던 것이다.

"애, 뒷마당에 무구뎅이 파고 가여. 알았어?" 할머니가 말했다.

학교 갈 시간이 빠듯한데, 갑자기 땅을 파라셨다. 그것도 두 개씩이나. 하나는 김치, 다른 하나는 무가 들어갈 항아리를 위한 구덩이였다. 할머니는 늘 그것을 '무구뎅이'라고 뚱쳐 불렀다. 할머니는 또 나를 불렀다. 집에 남자가 하나밖에 없으니 어쩔 수 없는 일이다. 난 담벼락에 기대어 세워놓은 삽자루를 심드렁히 바라보다가 돌아섰다. '뭐, 갔다 와서 하지.' 속으로 말하면서 학교에 갔다.

학교에서 돌아와 뒷마당으로 먼저 갔다. 집 안에 할머니가 안 보이는 걸 보니 느낌이 심상찮았는데, 아니나 다를까. 무구뎅이는 반쯤 파져 있었고 할머니는 지친 표정으로 구덩이 주위에 널브러져 있었다. 호흡이 가빴다. 할머니는 그렇게 잠시 나를 쳐다보시다가 들어가셨다. 무리하신 모양이었다. 나는 할머니가 만지던 삽을 들었다. 구덩이를 아래로 더 파고, 장독을 구덩이에 넣었다 뺐다 하면서 구덩이의 크기를 가늠해 보고, 구덩이의 너비와 깊이가 만족스러워 장독을 구덩이 안에 놓고 흙을 고르고 일을 마쳤다.

그날 밤인지, 그 이튿날인지 밤의 일이었다. 자고 있었는데 인기척에 비몽사몽 잠에서 깼다. 집안 분위기가 소란스러웠다. 다시 잠이 들었다가 아침에 일어나 보니 식구들이 없었다. 무슨 일인가. 어리둥절해 앉아있는데, 식구들이 들어왔다. 어머니 말이 할머니가 숨이 많이 차서 새벽에 응급실에 갔고, 응급으로 심장박동기를 삽입했다는 것이다. 작은누나가 숨찬 할머니를 발견했고 엄마에게 알렸다고 했다. 정말 다행이었다. 심장맥박을 책임지는 동방결절이 일손을 놓은 것이다. 심장박동기는 심장에 끊임없이 적당한 간격의 전기자극을 유발하여 심장이 쉬지 않고 적절한 속도로 수축하도록 만들었다. 그날 이후 할머니의 좌측 쇄골 밑은 피부 밑에 심어진 심박동기로 인해 납작한 조약돌 같은 것이 돌출되어 보였다.

할머니는 심장박동기를 삽입하고 나서도 오랫동안 일을 하셨다. 할머니 나이 80대가 훌쩍 넘어설 때까지 일손을 놓지 않으셨다. 그래도 세월은 이길 수 없는 것이라서 할머니도 서서히 하나둘 하던 일을 놓으셨다. 언제부턴가 할머니는 더 이상 무구뎅이를 파지 않고, 더 이상 메주도 만들어 먹지 않았고, 더 이상 현관을 비누질로 청소하지도 않았다. 근력도 약해지셨거니와 가장 큰 이유는 심장이 이전만큼 일할 수 없었기 때문이다. 할머니가 일을 줄여나가는 모습은 순차적이었고 자연스러웠다. 상추와 아욱이 자라던 뒷마당 텃밭에 잡초가 무성히 자라는 것을 바라보며 세월을 하소연한다거나, 메주 냄새나는 계절 없이도 간장과 된장을 사 먹는 일에 대해서 불평하지 않으셨다. 여름이 지나 가을, 겨울이 오듯이, 그렇게 자신의 몸의 변화를 받아들이셨다.

해설 8. 늙은 심장에 대하여

심장은 난자와 정자가 수정 후 4주만 되면 뛰기 시작한다. 사람이 태어나기 전부터 뛰기 시작하기 때문에 심장이 일한 날 수로 계산하려면 그 사람의 나이에다가 9개월을 더 보태야 한다. 할머니는 1917년 7월 15일생이니까 할머니의 심장이 뛰기 시작한 것은 1916년 10월부터다. 1916년부터 2007년 10월까지 약 92년간 할머니의 심장은 단 한 번도 쉬지 않았다.

심장에서 뿜어내는 혈액은 혈관을 통해 온몸으로 순환한다. 혈관은 심장에서 나올 때는 굵고 질기고 직경도 커다란 대동맥이지만 팔다리 등 조직에 가서는 아주 가느다란 하나의 세포층인 모세혈관이 된다. 이 혈관을 모두 이어서 일렬로 늘어놓으면 그 길이가 무려 8만 킬로미터에 달하는데, 이것은 지구를 두 바퀴 돌고도 남는 거리이다. 엄청난 길이의 혈관에 혈액이 한순간도 쉬지 않고 흘러야 하기에 심장이 하는 일의 양은 상상을 초월한다. 더군다나 피의 일부는 중력에 반하는 머리꼭대기로 가야 하고, 또 일부는 발가락까지 내려가던 피가 중력에 반하여 심장까지 올라와야 한다. 그러니 적당한 압력으로는 어림도 없다. 심장은 일생동안 평균적으로 대략 40억 번의 펌프질을 해야 하고 그 피의 양은 50억 톤에 달한다. 그러니 심장이 안 지칠 수 있을까? 나이 드신 분들의 흉부 방사선 사진을 보면 심장이 커져 있기도 하고, 옆으로 누워 있기도 하다. 심장이 힘들어 한다는 것이 외관상으로도 보이는 것이다. 할머니는 말년에 심장 기능이 30% 정도에 불과했다고 한다. 심부전이 온 것이다.

심장의 탁월함은 그 일사불란한 움직임에 있다. 심장의 세포들은 하나의 구령에 맞춰서 일한다. 동방결절에서 시작되는 이 구령에 맞춰 하나, 둘, 하나, 둘 심방과 심실이 약간의 간격을 두고 뛴다. 그래야 심장 안으로 들어온 혈액을 효과적으로 뿜어낼 수 있다. 너도나도 지휘관이 되겠다고 나서는 경우가 있다. 그럼 여기저기서 구령이 시작될 것이고, 심장을 이루는 세포들은 사분오열되어 불규칙한 리듬을 만들어낸다. 이것을 부정맥이라고 한다. 구령을 외치는 사람이 지치는 경우도 있다. 지휘관의 구령이 점차 느려지면 대열 전체의 움직임이 둔화될 것이다. 심장에서 구령을 외치는 동방결절이 어떤 이유에서든 손상을 받으면 이런 일이 벌어진다. 일분에 60~80번은 심장이 수축해야 혈압이 유지되는데, 동방결절의 신호가 느려지면 분당 심장의 수축횟수가 40회 아래로 떨어지기도 한다. 할머니의 경우가 여기에 속했다. 지휘관이 지쳐버려서 구령을 잘 못 하니까, 맥박이 느려졌고, 혈액 순환이 느려지니까 숨이 가빠졌다. 이런 경우는 현대 의학이 손쉽게 해결할 수 있다. 인공 지휘관을 몸 안에 심는 것이다. 할머니의 지휘관은 좌측 가슴 피부밑에 심어졌고, 지휘관은 심장까지 연결된 전기선을 통해 구령을 전달했다. 하나둘, 하나둘, 심실과 심방이 구령에 맞춰 일사불란하게 뛰기 시작했고, 할머니의 혈압과 호흡은 안정되었다.

심장 역시 단 하나의 수정란에서 시작되었다. 난자에 정자의 유전물질이 들어갔을 때, 그것은 기름기 풍부한 하나의 세포 덩어리에 불과했다. 하나의 세포가 분열하기 시작하여, 그 일부는 불과 한 달 만에 혈액을 뿜어내는 자기 정체성을 확보하고, 초인적인 괴력을 지닌 근육 덩어리로 탄생한다. 헐크는 순간적으로 덩치를 키웠을 때 청바지라도 입고 있어서, 변하기 전의 모습을 짐작하지만, 심장은 어릴 적 모습에 대한 터럭 하나도 가지고 있지 않다. (물론 세포 하나하나에는 똑같은 유전물질을 가지고 있지만 외모가 그렇다는 말이다.)

어떻게 이런 놀라운 일이 가능할까? 똑같은 세포인데, 어떻게 심장과 같은 매력적인 근육 덩어리로 분화할 수 있을까? 놀라운 변신의 핵심은 심장의 세포들이 생식을 포기했다는 것이다. 분열하여 딸세포를 만들고자 하는 욕망을 없애버렸기 때문에, 전문적인 세포들로의 분화하게 된 것이다. 열심히 펌프질해야 하는 심장의 세포들은 절대 다른 생각을 해서는 안 된다. 이것은 타 장기들도 마찬가지다. 생식을 포기했기 때문에 간도 될 수 있고, 눈과 귀, 뇌도 될 수 있었다. 만약 간에 있는 세포들이 어느 날 욕망을 억제하지 못해서 딸세포를 만들어내기 시작한다면 어떻게 될까? 그렇게 해서 분열하기 시작하는 세포들을 우리는 암 덩어리라고 부른다.

놀라운 변신의 대가가 또 한 가지 있다. 영원할 수 없다는 것이다. 생식을 포기하여 이룩한 심장은 언젠가 지친다. 지칠 때쯤 되어서 분열해서 싱싱한 심장을 만들어내면 좋을 텐데 그럴 수 없다. 그들은 이미 심장이 되기 위해서 생식의 역할을 반납했다. 파우스트가 악마에게 영혼을 팔아 젊음을 샀다면, 세포들은 영생을 팔아 심장이 된 것이다. 그리하여 심장은 지치기 시작한다. 지치다가 언젠가는 기능이 완전히 멈춘다. 심장이 멎었을 때 의사는 사망선언을 한다. 심장의 노화와 결국 이르는 죽음은 그들이 '그들 자신'이 되기 위해 치른 대가이다.

#. 할머니와 야구

누군가의 이해할 수 없는 행동을 보았을 때, 그를 이해하기 위해서 필요한 첫 번째는 관심이다. 관심이 있어야 그들을 바라보게 된다. 그래야 지적으로 또는 정서적으로 결이 맞지 않는 사람들을 받아줄 마음이 열린다. 그다음으로 필요한 두 번째는 '인내'다. 애당초 그들은 이해가 가지 않는 사람들이었으므로 그들을 바라보며 이해가 되지 않는 말을 들어주는 것은 쉽지 않다. 참을성 있게 계속해서 바라보고 들어주다 보면 어떤 감정의 공통분모를 발견하게 되고, 그것이 실마리가 되어 이해에 다다르게 된다.

할머니는 그날, 관심을 가지기로 작정하셨다. 그들을 무시하고 지내온 세월이 80년이었고, 그들 없이도 사는 데 문제가 없었는데, 어떤 마음의 변화가 있었는지, 그들과 마주하고 앉았다. 그들을 이해하고자 하는 '관심'이 생긴 것이다.

TV 화면에서는 야구경기가 열리고 있었다. 귀가 어두우신 할머니는 볼륨을 크게 높여 해설자의 중계에 귀를 기울였고, 눈도 어두워서 텔레비전에 바짝 다가앉았다. 스크린의 너비보다 앞뒤 길이가 더 큰 옛날 구식 텔레비전이었다. 할머니는 이해하고자 하는 관심에 더하여 '인내'를 발휘하셨다. 잠간 보실 줄 알았는데 계속 보셨다. 야구경기는 횟수를 거듭하고 있었다. 나는 내 볼일을 보며 오다가다 할머니가 거실 TV 앞에 꼼짝 않고 앉아있는 것을 보았다. 난 할머니가 야구경기를 이해하시고 즐기고 있다고 생각했다.
그러나 할머니는 '이해'의 단계에까지 이르지 못하셨다. 할머니는 버럭 짜증을 내셨다.

"저게 뭐하는 짓이냐. 몽둥이 냅다 집어 내던지고 도망가는 게 뭐여. 에끼."

그렇게 말하면서 할머니는 벌떡 일어나 버리셨다. 이해의 실마리가 주어지기 전에 '인내'가 고갈된 것이다. 그럴 만했다. 할머니의 말을 고찰해 보면 할머니의 짜증을 공감할 수밖에 없다. 눈이 침침한 할머니와 화질이 떨어지는 텔레비전은 야구공이 없는 야구경기를 연출했다. 화면에 몽둥이를 든 남자가 클로즈업되고, 몇 번 휘두르는 게 보이고, 어떤 남자는 그걸 휙 내던져버리고 (할머니의 표현대로) 냅다 뛴다. 뛰어가는 모양을 보면 영락없이 뭘 잘못해서 도망가는 꼴이다. 이 장면은 내내 반복된다. 안내가 없으면 바라볼 수 없는 장면이었고, 이때 투자한 '안내'의 양에 비례해서 그 짜증도 커지기 마련이므로 할머니의 반응은 충분히 이해할 만했다. 물론 야구공이 보였다고 해서 할머니가 재밌어할 만한 것도 아니었지만은.

해설 9. 본다는 것에 대하여

　가끔 우리는 '야구공이 안 보이는 야구관람' 같은 것을 경험하기도 한다. 이해할 수 없는 일을 겪는다는 말이다. 이해할 수 없는 타인의 감정을 대면하기도 하고 합리적으로 설명되지 않은 사건을 경험하기도 한다. 이럴 때 우리의 반응은 대개 비슷하다. '별 이상한 사람 다 보겠네' 하면서 지나갈 수도 있고, '운이 좋았다'거나 또는 '재수가 없었다'고 치부해버리곤 한다. 혹시 내가 보지 못한 것이 있는 것은 아닌지, 우리의 시야와 우리의 인식이 편협하거나 협소한 것은 아닌지 자신을 돌아보는 일은 별로 없다.

　불과 500년 전까지만 해도 세상엔 자연법칙과 같은 질서가 존재하지 않았다. 세상의 많은 일들은 인간의 정신으로서는 이해할 수 없는 일들이었다. 그중에서도 특히 생명을 앗아가는 질병과 생존을 위협하는 자연재해의 배후에는 이해할 수 없는 어떤 것이 있다고 생각했다. 그래서 그런 현상 이면에 그럴 수밖에 없는 어떤 '보이지 않는 힘' 같은 것이 존재한다고 믿었다. 그런 미지의 세계를 이해하기 위해 마법이나 종교의 힘을 빌리기도 했다. 그러나 과학의 발달은 사람들의 인식을 효과적으로 전환시켰다. 오늘날의 세속화 시대에는 '물질세계'를 좌우하는 '보이지 않는 손' 또는 '초월적 존재'는 존재하지 않는다고 생각한다. 세계는 '물질'로 이루어져 있으며, 이 물질들을 움직이는 모든 힘은 인과관계를 파악함으로써 이해할 수 있다고 주장한다. 긍정적 전망을 내는 과학자들은 머지않은 미래에 '보이지 않는 야구공'들을 모조리 찾아내어서 세상의 전체가 우리의 '시야' 안으로 들어올 것이라고 전망한다. 이러한 인식의 변화는 가치관의 변화로 이어졌다. 정신적 가치 또는 영적인 가치보다 물질적 가치가 중시되는 사회로 변했다. 21세기 우리 사회 구성원들의 정체성은 어떤 생각을 가졌느냐 보다 어떤 물질을 소비하느냐에 따라 결정된다.

그런데 과연 그럴까?

세상은 우리 눈에 보이는 물질만으로 이루어져 있어서 모두를 이해할 수 있는 것일까? 본다는 것에 대해 더 들어가 보자. 우리 눈의 망막에서는 엄청난 수의 세포들이 일을 한다. 700만 개의 원추세포와 1억 2,000만 개 정도의 간상세포들은 대상에 반사된 빛을 탐지하여 봄을 가능하게 한다. 그러나 망막세포들이 감지할 수 있는 빛의 영역은 매우 제한적이다. 가시광선이라 불리는 협소한 영역대의 빛만을 받아들인다. 이 빛은 신경계를 통해 한번 재처리 과정을 거쳐야 한다. 망막세포가 반응한 파장의 빛은 전기신호로 전환되고 이것은 신경세포를 통해 뇌의 시각영역으로 들어가서 이미지로 전환된다. 테이블 위의 사과를 바라본다고 치자. 우리가 가진 정보는 사과의 표면에 반사된 가시광선으로 만들어낸 이미 지이다. 사과에 반사된 적외선이나 자외선 또는 거기에서 벗어난 파장대를 파악하지 못할뿐더러, 빛은 어디까지나 표면만을 반영 할 뿐이다. 사과의 이미지가 사과의 전부는 아니라는 말이다. 햇볕 과 바람(이산화탄소)의 협조와 사과나무의 노력과 중력의 힘에 떨 어지지 않으려고 가지 끝에 매달려 있던 세월들을 뇌가 만든 이미 지로는 다 알 수 없다. 인지 생물학자 마뚜라나는 이렇게 말했다. "우리는 세계를 경험하는 것이 아니라 우리의 시야를 경험한다." 우리의 앎과 인식은 우리의 감각기관의 한계 안에서 머무른다는 말이다.

과학이 추동해온 물질문명은 분명 우리의 삶을 풍족하게 해주 었다. 오늘날에는 중산층 시민들도 예전의 귀족만큼 풍족하게 먹 고 따뜻하게 잘 수 있다. 그러나 오늘날 생태계의 파괴와 기후변화 에 직면한 현대문명은 한계에 다다른 듯하다. 게다가 오늘날의 사 람들에게 행복하냐는 질문을 던진다면, 그렇다고 대답하는 사람들은 많지 않다. 물질적 풍요가 행복을 보장해주지는 못하는 것 같다. 이것은 혹시 비가시적인 영역을 인정하지 않는 현대인의 세계관 탓 아닐까. 무한과 영원을 거세해 버린 자연은 정복의 대상이 되었고, 정신적인 가치를 배제해버린 물질문명이 행복을 앗아가 버린 것은 아닐까.

우리가 상대하는 모든 것들에 숨어 있는 '비가시적'인 것들을 인정해야 한다. 장일순 선생은 낟알 한 알 속에 우주가 들어 있으며 들에 피우는 조그마한 꽃 속에 무한함이 있다고 했다. 장일순은 이렇게 말했다. "가만히 생각해 봅시다. 이 머리털은 사람이 없으면 안 되겠지? 사람은 그 부모가 없으면 안 되겠지? 부모는 또 그 부모의 부모가 없으면 안 되겠지? 그 부모나 나는 천지만물, 하늘과 땅이 없으면 안 되겠지? 그렇게 따지고 보면 터럭 속에 전 우주가 있는 것이 아니겠어요?"[1] 과학적으로 보건대, 낟알 한 알 속에 들어가는 탄소분자가 지구 상에 존재하기 위해서는 적어도 100억 년 이상 별들이 일해야 한다. 들꽃 하나가 피기 위해서는 그것에 더해 지구 표면에서 수십억 년 되는 생물의 역사가 추가되어야 한다. 그러니 밥을 먹고, 꽃향기를 맡으며 산다는 삶이란 얼마나 대

1) 장일순, 〈나락 한 알 속의 우주〉, 1997, 녹색평론사

단한 것인가. 장일순의 말이다. "세상에 태어난다는 사실은 대단한 사건 중에서도 대단한 경사입니다. 태어난 존재들이 살아간다는 것은 거룩하고도 거룩합니다. 이 사실만은 꼭 명심해야 할 우리의 진정한 과제라고 생각합니다."[2]

인간의 두 눈은 물질만을 보게끔 설계되어 있지만 세상은 물질만으로 구성되어 있지 않다. 그래서 두 눈으로 보려면 첫 번째는 보이는 게 전부가 아니라는 것을 인정해야 한다. 그러고 나서 그 이상을 보기 위해 관심을 가져야 한다. 그러면 물질 이상의 가치, 물질을 존재케 하는 어떤 근거, 존재한다는 것 자체의 신비가 눈을 타고 뇌로 전해질지도 모른다. 폴 세잔(Paul Cezanne, 1839~1906)은 남들이 보지 못한 이것을 보았다. 사과 하나에 담겨 있는 어떤 것, 저 푸른 산에 담겨 있는 어떤 것을 보았고 그리고 싶었다. 그가 본 것은 표면에 반사된 빛을 표현하는 것만으로는 그릴 수 없는 것이어서 그는 고민하고 또 고민했다. 영속적이고도 영험한 어떤 것을 그리기 위해 평생을 외롭게 작업했다. 그래서 탄생한 그의 그림은 원근법도 파괴되고 전통적인 색채도 변형시키고 만 것이었다. 세잔은 '비가시적인 것'을 보기 위해 오랜 시간 대상에

---

2) 같은 책

집중해야 했다.

할머니가 생애 첫 번째 바다 여행을 앞두고 있을 때였다. 출발하기 며칠 전 할머니는 나를 방으로 불러서 조심스럽게 물었다.

"낙원아, 바다는 죄 물이여?"

"네, 죄 물이에요. 물이 엄청 엄청 많아요."

헤아릴 수 없는 물의 양을 어떻게 시각적으로 설명할 수 없던 나는 '죄 물이에요'라고 말할 수밖에 없었다. 이렇듯 인간의 언어도 짧다. 한 번도 바다를 보지 못했던 분에게 바다의 크기와 깊이와 거기 있는 물의 양을 설명할 길이 없다. 그 이상은 우리의 감정으로 말할 수밖에 없지 않을까. 바로 '경외감'이다. 우리의 시야에 보이는 바다가, 바다의 '전체'라고 생각한다면 경외감은 생길 수 없다. 우리 시야의 한계를 인식하는 순간, 한계 너머까지 존재하는 자연에 막연한 감정을 느끼게 되는 것이다.

무한하게 뻗어 나가는 시간과 광활하게 뻗어 있는 우주 속에서 한 사람의 인생은 어떤 의미일까? 자식들과 손주들에게 쏟아부은 사랑과 그로 인해 짊어진 고단함 삶은 어떤 의미일까. 그 하나의 삶에도 역시 눈으로는 보이지 않는 어떤 가치가 있지 않을까.

#. "여기 와, 밥 먹어"

어떤 정치인이 텔레비전에서 '내로남불'이라는 말을 쓰길래, 난 그 말이 상당히 품격있는 오래된 사자성어인 줄 알았는데, 알고 보니 '내가 하면 로맨스 남이 하면 불륜'의 준말이다. 요즘은 새로 생기는 말이 하도 많다 보니 정당의 대변인이 그런 신조어를 가져다 써도 이상하지 않다. '할말하않(할 말은 많지만 하지 않겠다)'이나 'ㅂㅂㅂㄱ(반박불가)' 같은 단어형식도 못 갖춘 말들도 돌아다닌다. 어쩌다가 딸아이의 카톡방을 들여다본 적이 있는데, 도무지 대화를 알아들을 수 없다. SNS 때문에 만들어진 현상이다. 아무리 언어가 시대를 반영한다 하지만 시대도 그렇고 언어도 그 변화가 너무 가볍고 빠르다.

그런가 하면 많이 사용해왔었지만 더 이상 필요가 없어져서 '창고'로 들어간 고어(古語)들도 있다. '다님길(인도, 人道)'이나 '미리내(은하수, 銀河水)' 같은 말들이다. 나는 친북좌파, 수구꼴통 같은 말들도 곧 우리 사회가 상식적으로 회복되면 사용되지 않을 고어가 될 것으로 믿는다.

새로 생겨나는 신조어들의 말 잔치로 하루를 보내는 세상이다. 이럴 때일수록 오래되어서 골동품처럼 손때 묻어 광택 나는 말들이 그립다. 수백 수천 년간 변함없이 사용되어온 말이라면 그럴만한 이유가 있다. 생존에 필수적이며, 삶에 유익한 말들은 없어질 리 없고, 없어질 리 없으니 새로 생겨날 것도 없다. 내가 할머니와 함께 살면서 가장 많이 들었던 말이 여기에 속한다.

"어여 와, 밥 먹어."

이 말을 얼마나 많이 들었던지, 나는 아직도 이 말을 적으면 그 음성과 리듬감이 함께 들린다. '어.여.와.아./밥.머.거.어.' 들리는 대로 쓰자면 4음절의 두 개의 단어로 이루어진다. 그리고 각 단어의 마지막 글자에 악센트를 넣고 #으로 반음 위로 올려 읽는다. 눈으로 보는 것보다 입으로 읽으면 더 맛있다. 소리 내어 읽어보시라. 정말 식욕이 생긴다.

'밥 먹어'란 말은 인류 역사상 가장 많이 사용돼 온 말이 아닐까.

이 말이 없었던 역사는 없으며, 이 말이 없는 언어도 없을 것이다. 밥을 먹는 것이야말로 생존의 핵심이니 말이다. 여기서 놓치지 말아야 할 것이 있는데, 바로 어순이다. '어여 와'가 '밥 먹어' 앞에 있다. '밥 먹어, 어여 와'가 아니라 '어여 와, 밥 먹어'이다. '빨리 오는 것'이 '밥을 먹는 것'만큼 중요하다. 이 말은 밥을 먹기 위해서 서둘러야 하며, 서두르지 않으면 배를 곯을 수 있었던 역사적 현실을 반영한다. 준비된 밥보다, 입이 더 많았던 시절에 통용되었던 말이다. 사실 인류 대부분의 역사는 이러했다. 식량은 충분하지 않았고, 누군가 배부르면 다른 사람은 그만큼 배를 곯아야 했다. 집안의 모든 사람들이 모두 충분히 배를 채우고도 음식이 남는 경우는 별로 없었다. 자식들을 좀 더 먹이고 싶은 어머니들은 자신들이 허기를 참아야 했다. 배를 채우고픈 아이들은 어머니가 차려준 밥상 앞에 '서둘러' 앉아야 했다. 가난 때문에 도시락을 싸가지 못하는 아이들이 있었다는 이야기를 내가 어렸을 때도 심심치 않게 들었다. 하루 세끼가 풍족해진 것이 얼마 되지 않았다는 이야기다.

그런데 문제는 그 말을 듣는 세대는 그 말속에 들어 있는 절박함을 느끼지 못한다는 것이다. '어여 와 밥 먹어'라는 말을 듣는 손주 세대는 그 말의 의미를 제대로 이해하지 못한다. 굶어본 적이 없으니 그럴만하다.

역사상 가장 빠른 변화가 한국 사회에 있었다. 수십 년 만에 한국 사회를 살아가는 대부분의 사람들은 가난으로부터 벗어났고, 그중 대다수는 '못 먹어서 문제'가 아니라 '너무 많이 먹는 것'이 건강을 위협하는 부류로 진입했다. 50년 전을 살아가시던 할머니들을 타임머신에 태워 사람들 북적이는 쇼핑몰에 데려갔다고 상상해보자. 할머니들은 문명의 화려함과 기술의 발전에 놀랄 테지만, 그것 못지않게 쇼핑몰을 걸어 다니는 아저씨들의 배가 불룩한 것을 보고 놀랄 것이다. 가족들과 함께 쇼핑을 나온 중년 남자들의 배는 볼록하다. 볼록한 그 안에 풍부하게 들어차 있는 것은 내장지방(visceral fat)이다. 그 배가 여성의 배였다면 지방이 아니라 '아기'가 들어 있다고 착각할 수 있을 정도의 커다란 배도 어렵지 않게 볼 수 있다. 수십만 년 동안 인류가 기아와 굶주림에 대비해 열량저장 창고로 쓰던 지방은 더 이상 과거와 같은 역할을 하지 않는다. 지방은 뱃가죽 속에 눌러앉아 각종 유해한 호르몬을 분비하여 대사증후군을 일으키고 이것이 각종 사망 질환의 원인이 되기도 한다. 유발 하라리의 〈호모데우스〉에 소개된 통계인데, 2010년 기아와 영양실조로 죽은 사람이 총 100만 명인데 반해 비만으로 죽은 사람은 300만 명이라고 한다. 세계사적으로 보더라도 100년 만에 일어난 변화인데, 지구사적으로 보자면 찰나와 같이 짧은 시간에 일어난 변화다. 우리의 할머니들은 그 변화의 전후를 사셨다. 빈곤했던 시절부터 빈곤이 사라진 시절까지 사셨다. '어여 와, 밥 먹어'를 두고 이해를 달리하는 세대 간의 격차는 그 격변의 세월을 보여준다.

나는 이 '어여 와, 밥 먹어'라는 할머니 말씀의 깊이를 이해하지는 못했지만, 맛있게 먹었다. 늦게 나타난다고 밥을 못 먹는 세대는 아니었지만 식사시간에 늘 충실했다. 왜냐, 정말 맛있었으니까. 김이 모락모락 나는 밥을 한 숟갈 뜨고 된장찌개를 호로록 빨아들이면 입안에서 밥 알갱이와 국물이 함께 뒹군다. 뜨거운 두부를 차가운 간장에 푹 담갔다가 빼낸 다음 입안에 넣으면 맛있다는 말이 저절로 나온다.

"할머니, 진짜 맛있어요"라고 내가 말하면,
"맛있긴 뭐가 맛있어. 맨날 맛있대"라고 할머니가 대답한다.

이 대답을 할 때 할머니는 늘 설거지를 위해 싱크대에 서 있었다. 그 말을 하는 옆모습에 보이는 미소는 늘 같았고, 대답은 한 글자도 안 틀리고 녹음테이프처럼 재생되었다. 나는 할머니의 대답까지 한달음에 말해버린다. "할머니, 맛있어요. 맛있긴 뭐가 맛있어. 맨날 맛있대." 그럼, 뒤 문장은 찌찌뽕이 된다.

#. 먹여주는 사람

    할머니는 내 배를 본인의 기대만큼 채워야 본인의 허기도 사라지셨다. 나의 식사량은 언제나 할머니의 기대보다 늘 못 미쳤다. 매번 식사 때마다 잔소리가 되풀이되었다. 할머니는 더 먹으라고 했고 나는 배불러서 그만 먹겠다고 했다. 가끔은 내가 다른 곳을 바라보는 틈을 타서 내 밥그릇에 밥 한 덩어리를 더 놓았으므로, 밥상에서는 밥그릇을 사수하려는 나와 밥 한 덩이를 떨구려는 할머니 사이의 미묘한 신경전이 벌어지기도 하였다. 이것 역시 급속한 시대변화가 낳은 갈등이라 하겠다. 밥이 늘 모자라던 시대를 사셨으며, 밥 외에는 배를 채울 방법이 없었던 시절을 지내온 할머니로서는 '장정'인 내가 밥만 먹고 살 것처럼 생각한다. 나는 빵과 초코파이도 먹고, 학교에서 우유 급식도 하는데 말이다.

할머니는 늘 '먹여주는 사람'이었다. 자녀들이 고향을 찾는 명절이 되면 할머니는 '먹여주는 사람'으로서의 진가를 발휘한다. 제사 음식은 핑계다. 먹여주기 위해 음식을 만든다. 만두와 동그랑땡과 전을 부치고 또 부치고 밤늦게까지 일한다. "에고, 힘들어. 에고 나 죽네." 소리를 내어가면서도 음식 만들기를 그치지 않는다. 그렇게 필요한 것보다 훨씬 더 많은 음식이 만들어지면 그것들은 봉지에 담겨서 명절에 고향을 찾은 자녀들, 친지들 손에 들려간다. 할머니 눈에는 고향을 찾은 자녀들의 배 속만 보이나 보다. '거기가 비었어. 배속 곳간이 비면 어떻게 해. 이거라도 채워.' 할머니가 눈으로 배 속을 꿰뚫어보고 마음으로 말하니, 손발이 닳도록 움직여야 한다. 왜 그러는 걸까. 왜, 다른 사람의 뱃속까지 챙겨주어야 본인의 허기가 풀리는 걸까. 나는 할머니 머릿속에는 밥만 들어 있는 게 아니냐고 의심하기도 했다.

다시 할머니의 과거로 돌아갈 수밖에 없다. 사람은 성장하면서 다른 사람들과의 관계 속에서 자기 정체성을 형성하니까. 할머니의 '먹여주는 사람'으로서의 정체성의 정체를 파악하려면 할머니의 성장 과정으로 돌아가야 한다. 마음이 콩콩대는 발랄한 연애 한 번 못해보고 '먹여주는 삶'을 어려서부터 시작하셨다. 시부모를 먹여주고, 자식을 먹여주고, 집안의 일꾼들을 먹이셨다. 같은 일도 오래 하면 내공이 쌓인다. 먹이고 또 먹이다 보니, 눈에 투시경이 달린 것처럼 비어있는 위장이 지나가면 곧바로 알아챈다. 그 배 속을 채워주고 싶다는 욕망이 생긴다. 난 그 욕망의 대상이었다. 내 배 속은 나를 위해서이기도 하지만 할머니를 위해서 채워져야 했고, 할머니 마음에 못 미칠 때, 내 귀는 "장정이 그게 뭐여"라는 말을 들었다.

할머니는 그렇더라도, 나 역시 너무나 당연하게 생각했다. 할머니는 '먹고 싶은 게 없는 사람', 자신을 위해서는 그다지 '먹고 싶거나 하고 싶은 게 없는 사람'이라고 생각해 왔다. '몸'을 가진 생명체로서 가질 법한 본능과 욕망이란 게 할머니에게는 존재하지 않을 것이라고 믿고 있었다. 할머니 뭐 드시고 싶은 게 없냐고, 뭘 해보고 싶은 게 없냐고 물어본 기억이 별로 없다.

해설 10. 먹는다는 것에 대하여

왜 할머니는 그토록 먹여주는 것에 집착했을까?

사람 몸에서 음식을 먹고 흡수하는 일을 담당하는 기관을 소화기관이라고 한다. 소화관은 입에서 시작해서 항문으로 이어지는 긴 원통형의 관 형태다. 먼저 입에서 씹고 넘기면 음식물은 수 초에서 수 분 내에 위로 도달한다. 위에서의 연동운동과 강한 산성의 소화액으로 음식을 잘게 부수고 녹여내어 액상 용액으로 만든다. 이것은 위를 지나 소장, 대장을 거치면서 영양분과 수분이 흡수되고 찌꺼기는 항문으로 배설된다.

몸을 지닌 동물 중에 폐나 심장이 없었던 동물들도 있었지만, 소화관이 없던 동물은 없었다. 역사상 지구에 존재했던 동물들을 보더라도 소화관은 모든 동물들의 기본 옵션이었다. 우리가 알고 있는 동물들, 즉 단세포동물이 아닌 다세포동물에게 있어서는 소화관은 가장 핵심적인 기관이었다는 말이다. 심지어 생명체의 가장 최초의 형태는 소화관을 매우 단순화시킨 모양이었는데, 마치 밥통처럼 생겼다.

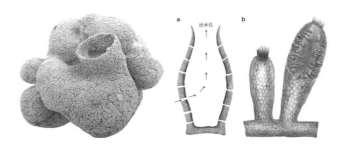

6억 년 전의 해면동물 추정 화석[1]

해면과 같은 최초의 몸은 밥통 모양이지만 밥을 떠 넣어주는 사람이 따로 없던 시절이었다. 물속에 있는 세균이나 영양소의 작은 입자를 섭취해야 하는데, 그러려면 영양소가 섞인 많은 양의 물이 관 형태의 몸 안쪽을 지나가야 한다. 편모나 섬모 같은 몸의 구조물이 물의 흐름을 유발시켜 물을 끌어들이는데, 몸통 옆구리에 물이 들어오는 구멍이 있고, 위쪽으로 열린 입구는 물이 나가는 곳이 된다. 과학자들은 해면과 같은 몸의 형태가 지구 상에 최초로

---

1) 중국 난징지질고생물학 연구소

등장한 다세포생물이라고 추정한다. 옆 그림은 중국 난징지질고생
물학 연구소에서 발표한 논문이다. 6억 년 전의 화석인데, 과학자
들은 이와 같은 최초의 몸의 형태가 8억 년 전 출현했을 것이라고
추정한다.

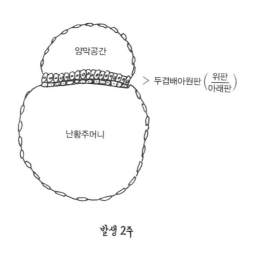

발생 2주

발생학적으로도 소화관은 생명의 시초다. 정자와 난자와 만난
수정란은 세포분열을 하여 세포의 수를 늘리면서 발생 2주에 이
르면 두 개의 세포층을 형성한다. 위 그림에서 위판과 아래판으로
이루어진 두겹배아원판이 그것이다. 위판은 후에 피부를 형성하
고, 아래판은 후에 소화관을 형성한다. 앞에서 보았듯이 피부와

소화관으로 이루어진 해면과 같은 단순한 몸의 형태는 이미 발생 2주에 그 싹을 볼 수가 있다. 그러나 해면보다 더 복잡한 몸의 형태는 심장과 혈관, 그리고 신경계 등의 주요 기관을 형성해야 하므로 배아는 3주가 지나면서 세포층을 3개의 층으로 늘리고, 부지런히 분열하고, 세포들은 자신의 정해진 운명대로 자리를 찾아 나간다.

비록 몸의 길이가 몇 밀리미터밖에 안 되는 시기이지만, 사람은 그 발생의 시작부터 소화관 준비를 먼저 하는 것이다. 후에 소화관으로부터 호흡기관이 갈라져 나오게 되고, 각종 소화와 관련된 장기인 간, 췌장, 담낭 등이 형성된다.

진화론적으로도 그렇고 발생학적으로 소화관이 몸의 기본이라고 하니. 일단 먹는 것의 중요성은 설명되었다고 생각한다. 그렇다면 왜 하필 '먹는 방식'이어야 하냐는 질문을 할 수 있겠다. 이 대답은 사실 우리로서는 할 수가 없다. 각자에게 너는 왜 그렇게 생겼냐고 묻는 것과 같겠다. 우리가 할 수 있는 대답이란, '그렇게 생긴 채로 태어났네요'라고 말할 수밖에 없다는 것이다.

우리를 낳은 우주도 "그렇게 생긴 채로 태어났어요"라고 말할 수밖에 없는 것들이 있다. 그것을 우리는 물리법칙이라고 한다. 법칙 중에 엔트로피 증가의 법칙이 있다. 모든 사물은 질서가 무질서해지는 쪽으로 진행되려고 한다는 법칙이다. 예를 들면 비행기 한 대가 있다고 치자. 비행기를 그대로 두면 녹슬기 시작하고 고장이 나고, 오랜 시간이 지나면 비와 바람에 날개가 떨어져 나간다. 수백, 수천 년이 지나면 비행기의 흔적은 알아볼 수 없을 정도로 해체될 것이다. 비행기를 이루던 부속들은 시간과 함께 무질서해진다. 그러나 그 반대방향으로의 변화는 일어나지 않는다. 고철 덩어리들이 시간이 지나면서 저절로 날개가 되고 엔진이 되어 서로 결합하는 일은 발생하지 않는다는 말이다. 이것은 비행기뿐 아니라 우리가 알고 있는 모든 사물에 해당한다. 엔트로피 증가의 법칙은 우리가 경험해서 이미 아는 상식이다.

우리 우주에는 엔트로피 증가의 법칙을 거스르는 것이 딱 하나 있다. 바로 38억 년 전 지구 상에서 생겨난 세포다. 세포는 시간이 지난다고 녹슬지 않으며 활동하고 분열하면서 후손을 남긴다. 우리는 왜 세포가 생겨났는지는 알 수가 없다. 다만 세포가 자신의 몸을 유지하기 위해서 어떻게 일하고 있는지는 과학을 통해 알고 있다. 바로 '먹는 것'이다. '먹는 것'은 외부세계의 에너지를 흡수한다는 것이고, 외부의 물질계와 열려있다는 말이다. 우리가 알고 있는 밥통 모양의 소화관은 외부 물질계와 소통하는 가장 오래된 창구다.

먹는다는 것에서 시작한 지구 상의 생명의 역사는 화려하고 다양한 동식물들의 생태계를 이루었다. 크기로 보면 세균에서 고래까지, 환경으로 보면 화산의 극한 환경에서부터 아마존의 밀림에까지 생명들은 다양한 형태로 각자 삶의 위치를 점하고 있다. 그러나 한 발자국만 뒷걸음쳐서 본다면 모두 먹어야 산다는 공통점을 가지고 있다. 다양한 것 같지만 닮았다. 아들은 부모를 닮고, 형제들은 어딘가 모르게 서로 닮듯이, 지구 상의 우리 모두는 생명활동의 핵심에서 너무나 닮아 있다. 모든 음식은 전자와 수소로 분해되어 세포 안에서 연소되어 산소와 만나는 방식이다. 그래서 이들 모두는 밥통 모양의 원시적 소화관에서 비롯한 원통 형태의 소화관을 몸 안에 지니고 있다.

천문학자이자 우주 생물학자였던 칼 세이건은 이렇게 말했다. "지구에게는 단 한 가지의 생물학만으로 충분하다. 생물학을 음악에 비유해볼 때, 지구 생물학은 단성부, 단일 주제 형식의 음악만을 우리에게 들려준다는 말이다."[2] 칼 세이건은 우주 생물학자답게 지구 생물학의 놀라운 유사성에 주목했다. 그는 지구 생물학을 풀피리 하나로 연주되는 단일 주제 형식의 음악같이 유사하다고

2) 칼 세이건, 〈코스모스〉, 2016, 사이언스 북스

했다.

차가운 우주에서 따듯한 몸을 갖는다는 것은 결코 쉬운 일이 아니다. 그래서 수억 년 동안 상상할 수 없는 많은 시도 끝에 아마도 단 한 번의 성공적인 대발견이 우리의 공통조상을 출현시켰을 것이다. 그 후손들은 그 이후 모두 먹으면서 차가운 우주에 저항하며 살고 있다.

먹는다는 것은 생명에 대한 가장 오래된 기억이며, 우리 모두가 같은 음악을 연주하는 동일한 계통의 형제라는 것을 기억하게 해주는 행위이다. 칼 세이건은 이렇게 말했다. "외계에서 우주인들이 지구를 방문한다면, 우리는 현재 지구 곳곳에서 진행 중인 군비 경쟁의 당위성을 그들에게 어떻게 설명할 수 있을까?" 형제끼리 서로 다름에 주목하며 싸우는 것은 어리석은 짓이다. 화해를 위해서는 공통점을 확인할 필요가 있다. 그래서 화해하는 사람들은 함께 먹었고, 남북한의 정상이 화해를 위해 만날 때 늘 함께 먹었다.

사람들은 의미 있는 시간에 늘 먹는다. 결혼기념일이라고 먹고, 생일이라고 먹고, 오랜만에 만난 친구들과 우정을 확인하려고 함께 먹는다. 살아있다는 것 자체가 특별한 일이라는 것을 깨닫는 엄마들은 아이들에게 먹이고 할머니들은 손주까지 챙겨주면서 먹인다. 타지에 나간 자식들이 집에 돌아오는 명절에는 특별히 많이 먹인다. 우리 배 속의 밥통은 무질서에서 질서를, 차가움에서 따듯함을, 무의미에서 의미를 만들어내는 요술밥통이다.

#. 할머니가 변했어요

내과 전공의 때의 일이다. 할머니가 갑자기 집 안에 화분들을 바라보며 말을 걸었다. "아, 뭐해요. 밥 먹고 해요", "저기 저 양반, 어여 와서 진지 드시라고 해라". 할머니가 갑자기 일꾼들이 마당에서 일하는 시대로 돌아가셨다. 화분들이 일꾼이 되어주었고, 회전의자는 말을 잘 안 듣는 일꾼 역할을 해주었다. 할머니는 일인 연극을 하듯이 화분들과 의자들을 상대로 말을 걸었다. "이리 와요"라고 하는데 회전의자가 획 돌아가니, 저이가 어디를 가냐며 "아, 밥 먹고 하라니까~"라고 소리를 치셨다. 우리 가족은 놀란 마음으로 병원에 모시고 갔다. 치매가 온 것은 아닌지 걱정하는 맘으로 응급실에서 검사결과를 기다렸다. 병원 검사에서 할머니는 혈색소 7.0g/dL의 빈혈을 진단받았다. 이 수치는 정상적인 수치

12g/dL보다 크게 떨어진 수치다. 몸 안에 피가 많이 모자란다는 말이고, 어딘가 출혈이 의심되는 상황이었다. 가장 흔한 출혈 원인은 위나 대장이기 때문에 출혈이 정말 있는지, 출혈을 일으킬만한 질환은 있는지 검사와 치료를 진행해야 했다. 그러나 그것은 연로한 할머니에게는 고통스러운 과정이 될 것이어서 우리 가족들은 검사는 진행하지 않기로 했다. 할머니는 입원하여 수혈을 받았다. 다행히 수혈을 받은 후 정신이 돌아오셨고, 더 이상의 출혈소견도 없어서 며칠 후 명료한 정신으로 퇴원하셨다. 빈혈로 인해 뇌로 공급되는 산소의 양이 줄면서 인지 기능에 변화가 생겼던 것이다.

해설 11. 빈혈, 할머니, 그리고 우주

우리 몸을 구성하는 세포들과 조직이 적혈구의 숫자나 기능에 문제가 생겨서 적절한 산소를 공급받지 못하는 상태를 빈혈이라고 한다. 빈혈이 가장 흔히 유발되는 곳이 뇌이다. 뇌세포가 소비하는 산소는 우리 몸에 필요한 전체 산소의 20%에 달한다. 뇌는 무게로 치면 전체 몸의 2.5%에 불과하지만, 전체 혈류량의 15%를 필요로 하며, 막대한 양의 산소를 소비한다. 게다 뇌는 가장 높은 곳에 있다. 산소배달부들이 뇌세포에 산소를 전달하기 위해서는 우리 몸에서 가장 가파른 언덕을 올라가야 한다. 뇌로 가는 산소 배달에 종종 문제가 생겨서 어지러워지거나 현기증으로 쓰러지거나 하는 것은 이 때문이다. 배달부들의 노고를 생각한다면 산소를 가장 많이 소비하는 뇌는 심장 옆에 있어야 하는데, 사람 몸은 그렇게 생기지 않았다.

우리 몸이 산소배달을 위해 특화시킨 세포들이 적혈구이다. 적혈구들은 온몸 구석구석까지 산소를 배달해야 한다. 산꼭대기와

험한 숲 속의 오지까지 우편을 배달해야 하는 우편배달부와 같다. 길이 잘 뚫려 있는 곳도 있지만 대부분은 길이 좁아 어깨를 움츠려야 통과할 수 있는 곳(모세혈관)이다. 그래서 적혈구들은 몸의 크기를 줄이기 위해 몸 안의 여러 세포소기관들을 없애버렸고, 몸도 모세혈관을 구부러진 채로 지나갈 수 있도록 늘씬한 원반 모양이다. 세포라면 당연히 가지고 있어야 할 핵마저도 몸의 부피를 줄이기 위해 버렸다. 한 변이 1mm인 정육면체 속에 약 500만 개의 적혈구가 들어갈 수 있다고 하니 적혈구가 얼마나 작은지 상상이 안 갈 정도다. 적혈구는 자신의 생애인 약 120일 동안 하루 평균 4km, 총 1,000km를 달린다. 달리고 또 달리면서 그들은 끊임없이 산소를 실어 나른다.

놀라운 점은 그들은 마치 능숙한 택시기사처럼 산소를 어디서 실을 것이며, 또 어디서 내려놓을지를 정확히 알고 있다는 것이다. 고작 7μm의 크기와 짧은 생애를 고려한다면 적혈구의 지혜는 대단하다고 할 수밖에 없다.

그럼 적혈구는 어떻게 산소를 실어 나를 수 있게 되었을까? 산소는 매우 반응성이 뛰어난 원소다. 먹잇감이 보이면 닥치는 대로 달려들어 먹어치우는 원소계의 하이에나라고 할 수 있다. 산소를 안정적으로 조직까지 실어 나른다는 것은 맹수에 물리지 않고 맹수를 배달하는 일이다. 맹수를 안전하게 유혹할 수 있는 무엇이 필요한데, 이것이 적혈구의 탁월한 능력의 비밀인, 바로 철(Fe)이다. 산소는 철을 워낙 좋아해서 보기만 하면 달려들어 붙어버린다. 공기 중에 노출된 철이 시간이 지나면서 붉게 녹스는 것이 바로 이것 때문이다.

우리 몸의 적혈구도 철로서 산소를 유혹한다. 적혈구 안에 박혀 있는 헤모글로빈이라는 단백질은 그 중앙부위에 철이 심겨 있다. 헤모글로빈이 적혈구에 박힌 채 폐포의 모세혈관을 지날 때 공기 중의 산소는 혈액 속으로 들어와 헤모글로빈 안에 있는 철과 결합한다. 그러면 철과 결합한 헤모글로빈은 붉게 변하는데, 공기 중에 철이 노출되어 녹스는 이치와 같다. 건물을 지을 때 뼈대로 사용하는 철과 우리 몸속에 혈액을 운반하는 도구로서의 철은 같은 물질이라는 것이다. 안전하게 산소를 태운 헤모글로빈은 산소가 부족하고 이산화탄소가 많은 곳을 지나가면서 산소를 내려놓는 성실한 택시기사 역할을 한다. 택시기사는 손님이 내렸을 때 '빈차'라는 신호등을 켜는 데 반해, 헤모글로빈은 손님이 탔을 때 '승차'라는 붉은색 신호등을 켠다. 동맥혈이 붉고, 정맥혈이 검푸른 이유는 바로 택시에 승객이 탔을 때와 안 탔을 때 헤모글로빈의 색이 변하기 때문이다. 산소로 인해 붉은색을 띠는 곳이 하나 더 있다. 콩과식물의 뿌리에는 여러 개의 혹이 달려 있는데 이것을 터뜨리면 붉은 즙을 볼 수 있다. 역시 철이 산소와 결합한 것이다. 뿌리혹박테리아가 이 혹 안에서 질소를 고정하는 역할을 하는데, 이때 산소가 필요해서 철을 이용한다. 이 박테리아들이 이용하는 철은 미오글로빈이라는 단백질 안에 들어 있다.

이렇듯 생명계에 철은 매우 중요한 원소지만 철은 자신의 고향인 별에서는 파괴적 역할을 한다. 태양보다 아주 큰 별들은 핵융합반응으로 무거운 원소들을 만들어낸다. 탄소, 질소, 산소 등의 무거운 물질이 차례로 만들어지고 결국 철이 만들어지고 나면 융합반응이 중단된다. 철이 안정적인 원소라서 더 이상 철을 가지고 더 무거운 원소를 만들 수 없기 때문이다. 철이 별의 중심부에 쌓이기 시작하고 핵융합이 중단되면 핵융합에 의한 에너지 발산이 중단된다. 밖으로 팽창하려는 에너지가 소실되니, 결국 안으로 향하는 중력만 남게 되고 별은 급격히 쪼그라들고 결국 폭발하면서 초신성이 된다. 초신성 폭발 때 철을 비롯한 별 내부에서 만들어진 생명의 원소들이 우주에 퍼져나가게 되는 것이다. 우리 몸에 철이 들어 있는 것은 먼 옛날 우리 주위에 초신성 폭발이 있었다는 증거다.

우리 몸은 철이 들어 있는 음식을 먹어야 한다. 남의 몸에 있는 적혈구를 먹는 방법(육식)이 있고, 시금치와 같이 철이 풍부한 채소를 먹는 방법도 있다. 할머니는 고기를 좋아하시지 않으셨고, 나이가 드시면서 입맛이 없다며 물에 밥을 말아 드시는 경우도 많았으므로 철분이 부족할 만했다. 철은 풍부한 원소는 아니기 때문에 우리 몸은 철분을 사용한 후 재활용하는 시스템을 가지고 있다. 적혈구가 생애를 다하면 적혈구 안에 있는 철분들은 비장과 간, 대장을 통해 재활용 처리되어 다시 우리 몸의 골수에서 적혈구를 만드는 데 재활용된다. 그러나 위장 출혈 등으로 다량의 철이 소실되면 우리 몸은 철분 결핍으로 몸살을 앓는 것이다. 산소를 실어 나르는 역할을 못 하게 되니까 산소부족으로 인한 모든 증상들이 나타날 수 있다. 어지럼증, 피로, 호흡곤란, 운동능력 저하 등의 증상들이 여기에 속한다. 할머니의 경우 철분 결핍성 빈혈이 정신의 혼란 상태를 가져왔다. 의자더러 밥을 먹으라고 재촉하고, 마당에 있지도 않은 일꾼들을 밥을 먹이겠다고 부르셨다. 빈혈의 흔한 증상은 아니지만 수혈을 한 후 감쪽같이 없어졌기 때문에 의심의 여지가 없다고 본다.

대단하지 않은 사람을 두고 '별 볼 일 없는 사람'이라고 한다. 여기서의 별이 밤하늘의 별을 뜻하는 것인지 아니면 다른 의미인지는 모르겠지만, 여하간 오해를 살 수 있기 때문에 적당하지 않은 말이다. 최소한 과학적 지식에 의하면 인간은 별 볼 일이 있기 때문이다. 인간의 몸에는 거대한 '별을 끝장내고 탈출에 성공한' 철이 들어 있으며, 철을 다루는 멋진 배달부들도 엄청나게 많다. 인간이라면 누구나 몸 안에 25조 개 정도의 적혈구를 가지고 있고 적혈구 하나에는 2억 개의 헤모글로빈 단백질이 있고 하나의 헤모글로빈 안에는 4개의 철 원자가 들어 있다. 이것만으로도 인간은 별 만큼 대단하지 않은가.

3부

사랑과 눈물에 대하여

◦┅┅◦ 할머니는 사랑이 남달랐던 분이었다. 작은 체구에서 쉼 없이 사랑이 쏟아져 나왔다. 그것이 단순히 할머니의 유전자 속에 선택된 진화적 형질의 발현이었을까? (…) 할머니의 자녀들을 돌보게 했던 '사랑'은 존재하는 모든 것들 속에서 드러난다. 그것은 존재를 가능하게 하고, 존재와 존재를 잇는 정신적 탯줄로서 공생과 번영을 가능하게 하고, 인간을 인간답게 만드는 거룩한 근거가 아닐까.

◦┅┅◦ 슬픔이 숙명이라면 '위로'도 숙명이어야 한다. 그래서 인간 안에는 위로의 기능이 탑재된 뭔가가 필요했다. 가능하면 정화의 역할이 담긴 짠물이면 좋다. 슬픔을 감당하는 가장 큰 곳은 가슴이다. 물은 아래로 흐르기 때문에 가슴을 적시려면 가슴보다 위에서 흘러나와야 한다. 콧물도 있지만, 콧물은 얼굴을 적시지 못하고 바로 짠맛을 봐야 해서 적당하지 않다. 눈이 좋다. 눈에서 나오는 물이라면 얼굴을 쓰다듬고 쓰린 가슴을 안아줄 수 있다.

#. 할머니와 아들

어려서 할머니 옛날얘기는 참 재밌었다. 항상 똑같은 이야기가 되풀이되지만, 그때는 들어도 들어도 재밌었다. "저기 저 마을에 어떤 사람이 살았는데"라고 시작하는 옛날얘기. 상세한 내용은 기억이 안 나지만 대개가 교훈적인 메시지로 마무리되었던 것 같다. 아주 가끔은 아빠에 대해서도 물었다. 그럼 할머니는 이렇게 대답했다.

"세상에 호랭이를 안 무서워했어. 컴컴한 데를 혼자 다니고 그랬어."

그러면서 저기 어디를 다녔다는 얘기. 누구를 호통을 쳐서 쫓아냈다는 얘기를 했다. 무슨 영웅담 얘기하듯이 말했다. 일반적으로 아들 자랑을 하는 엄마에게서 느껴지는 친근감이나 애틋함 같은 건 없었다. 마치 큰길 건너 있는 남의 집 자식 말하듯이 했다. 사실, 돌이켜보면 내가 경험한 할머니와 아버지와의 관계는 좀 딱딱하다. 모자지간의 정이 느껴지는 살가운 대화를 하신 기억이 별로 없다. 예의와 격식이 갖추어진 관계라고나 할까. 적어도 겉으로 보기엔 그랬다. 그러나 할머니의 아들에 대한 맘은 결코 미지근하지 않았고 뜨겁고 애틋했다. 이런 어머니의 감정을 그대로 볼 수 있었던 것은 아버지가 구속될 때였다.

할머니는 일을 안 할 때는 뭔가를 읽으셨다. 할머니가 주로 읽었던 것은 성경책과 찬송가, 그리고 한겨레 신문이었다. 성경책은 읽더라도 찬송가는 불러야 하는데, 할머니는 찬송가도 읽었다. 할머니의 찬송가 책에는 큰 글씨로 가사만 있고 음표는 없었다. 읊조리는데 가까이서 들어보면 가락이 있다. 똑같이 반복되는 가락인데다가 음의 높낮이가 별로 없어서 가톨릭에서 사용하는 그레고리안 성가를 한 열 배 정도 단순화시킨 것이라 보면 될 것 같다. 그렇다고 할머니가 노래를 못하는 분이었냐 하면 그렇지는 않았다. 할머니는 "푸른 하늘 은하수 하얀 쪽배엔…"라고 시작되는 노래를 완벽하게 소화하시던 분이었으니까.

정국이 불안정하고, 시국사건이 터지기 시작하면 할머니는 성경보다는 신문을 읽는데 더 많은 시간을 투자하셨다. 한자가 섞여 있지 않은 한겨레 신문은 할머니의 유용한 정보원이 되었다. 한겨레 신문이 88년 발간되었으니 88년 이후로 집으로 배달되는 한겨레 신문은 거의 매일 읽으셨다.

신문에 실린 모든 용어를 다 이해하시지는 못하셨겠지만 분위기는 비교적 정확하게 파악하셨다. 할머니는 달아오르는 공안정국과 함께 예민해지셨다. 그리고 뉴스가 나오는 시간, TV 앞에 바싹 다가앉으셨다. 할머니와 함께 사는 큰아들은 4번이나 민주화 운동으로 옥고를 치렀다. 첫 번째 감옥살이에는 사후에 놀라셨겠지만, 두 번째부터는 사전부터 마음을 졸이셨을 거라고 짐작한다. 며칠 아들이 집에 안 들어오면 불안한 예감으로 TV에 눈이 가고, 신문을 꼼꼼히 살핀다. 그리고 감이 오기 시작하는데, 며칠이 몇 주가 되고, 집안 분위기마저 수상해지면 감을 잡는다. '우리 아들이 잡혀 들어간 게 분명해.'

한번은 TV 아침 뉴스에서 우리 집 압수수색 영장이 발부되었다는 소식을 접했고, 얼마 후 아저씨들 두 분인가가 집에 찾아오셨다. 나는 '저놈들이 압수수색이란 걸 하러 왔구나' 생각했다. 뭔가 대단한 일이 벌어질까 봐 마음이 난로에 오려는 쫀쫀이처럼 쫄았다. 아저씨들이 집안으로 들어오시는 걸 막내 고모가 말렸던 기

억이 난다. 이러면 우리 엄마 돌아가신다고 고모가 말렸고, 그 아
저씨는 대학생이었던 (아마도 할머니 모르게) 큰누나 방에서 책 몇
권을 집어 가는 걸로 일을 마무리하였다. 난 속으로 '압수수색이
뭐 저래?' 그랬다. 내가 눈앞에서 경험한 첫 공권력 행사는 정말 시
시했다.

우리 가족은 할머니에게는 아버지의 구속을 알리지 않으려고
조심했었지만, 할머니는 금세 알아차리셨다. 그럼 며칠간 할머니
의 눈물샘에 구멍이 열렸다. 2~3일은 우셨던 것 같다. 특히 아들이
겨울철에 옥살이하게 되면 할머니는 더욱 아파하셨다. 아들이 느
낄 추위를 본인의 심장으로 느꼈다. 젊은 시절 겨울철의 빨래터에
서 손끝으로 느꼈을 그 추위가 날카로운 기억으로 되살아났을 것
이다. 아들이 추운 것보다 차라리 자기가 추운 것이 어머니 마음
이라지만, 그러나 어머니로서 할 수 있는 일이란 게 눈물로 함께
하는 것 외엔 없었다. 호랭이 안 무서워하던 남자라며 남의 집 자
식처럼 말씀하던 분이었지만, 아들의 구속 앞에서 그 아들은 '눈
에 넣어도 안 아픈 귀한 내 새끼'가 되었다.

아버지가 네 번째로 구속된 때였다. 큰누나 결혼을 앞두고 벌어
진 일이라 우리 가족의 충격은 더욱 컸다. 아버지 없이 식장에 들

어가야 하는 누나도, 남편 없이 결혼식을 치러야 하는 어머니도 걱정이 태산이었다. 할머니의 슬픔은 그 어느 때보다도 격해졌다. 눈물이 마르지 않았고, 조용히 나를 방으로 불러 살기 힘들 정도로 슬프다고 말씀하셨다. 두문불출 방 안에서 눈물을 흘리던 할머니가 거실로 나오셔서 나를 불렀다. 할머니는 거실 전화기 앞에 앉았다. "애, 낙원아. 여기 좀 눌러라." 전화번호부의 열린 페이지에는 '민주주의 민족통일 전국연합' 전화번호가 적혀 있었다. 할머니 그러지 마시라고. 왜 그러냐고. 그런다고 아들이 풀려나냐고. 내가 몇 번이고 할머니를 만류하고 설득해도 할머니는 전화기 앞에서 계속 나를 불렀다. 나는 어쩔 수 없이 전국연합 전화번호를 눌렀다. 할머니는 상대가 전화를 받자마자 있는 힘껏 욕을 해주었다. 너희들이 우리 아들 이렇게 만들어놓았다며, 어떻게 이럴 수가 있냐며, 실컷 소리를 지르셨다. 문익환 목사님 얘기도 했다. 그이가 우리 아들 데려갔다면서. 그이가 책임질 거냐면서. 난 너무 창피했다. 전화기 앞에 앉아있는 할머니 주위를 서성이며 어쩔 줄 몰라 했다. 전화 받은 양반은 얼마나 난처하고 황당할까. 할머니는 정말 오랫동안 수화기를 놓지 않았다. 한 20~30분 정도 흘렀을 것 같다. 할머니는 할 말을 다하셨는지 수화기를 내려놓았다. 그러고는 껄껄껄 웃었다. 본인도 어이가 없는지, 호탕하게 웃으시더니 일어나셨다. 방 안에서 내내 우시던 분이 전화 한 통에 일어섰다. 그 극적인 변화가 놀랍고 신기하여 기억이 생생하다.

96년도의 일이다. 96년도는 한총련 연세대 사태로 시끄러웠다. 한총련 소속 대학생들이 연세대에서 경찰과 극단적으로 대치하고 다수가 구속되었던 사건이다. 정세에 민감한 할머니가 그 사태를 모를 리 없다. 그날은 제삿날이었다. 제사를 드리고 저녁 식사를 위해 가족들이 밥상 주위로 둘러앉았다. 할머니가 아버지에게 뭔가를 말씀하시려고 입을 여셨다. 당부의 말이었다. 아들에게 이래라저래라 한 번도 말씀하신 적이 없었던 분이어서 그날의 당부 이전에 많은 고민과 여러 차례의 주저함이 있었으리라는 것을 짐작할 수 있다. 할머니는 조심스럽게 숟가락을 놓으시며 이렇게 말씀하셨다.

"한총련에는 들지 말어."
"거기는 안 받아줘요. 할머니. 나이제한이 있어서 들고 싶어도 못해요."
내가 말했다. 가족 모두가 웃는데, 할머니도 웃었다. 우리는 재밌어서 웃었고, 할머니는 가입이 안 된다니 그것참 다행이라고 생각해서 웃었다.

해설 12. 사랑에 대하여

인간은 엄마 배 속에서 삶을 시작한다. 난자와 정자가 수정되고 난 후 자궁에 착상된 수정란은 빠른 속도로 사람의 모양이 되어간다. 자궁 안에서 시작된 생명은 따듯하고 안전하게 10개월간의 성장 과정을 거친다. 이 시기 엄마와 아기는 서로 다른 존재이지만 아기는 생존과 성장을 철저하게 엄마에게 의존한다. 태반이 엄마와 아기의 중간에서 연결을 매개한다. 태반은 아주 얇은 막을 사이에 두고 엄마와 아기가 소통하는 구조물이다. 아기는 태반을 통해 영양분을 공급받고, 노폐물을 엄마에게 배출한다. 태반을 통해 아기와 엄마는 둘이면서 동시에 하나이다.

출생과 함께 아기는 태반을 버리고 엄마와의 연결고리인 탯줄을 잘라내야 한다. 탯줄의 흔적이 배꼽이다. 배꼽을 지닌 모든 아기들은 연약해서 혼자 살 수 없다. 자립할 수 있는 성체가 될 때까지 오랜 시간이 걸린다. 그 때문에 생애 초반기를 엄마의 도움에 의존해서 살아야 한다. 태어난 후에도 배 속 안에서 보살핌을 받았던 것과 마찬가지로 엄마의 돌봄을 받아야 하는 것이다. 그러나

이미 탯줄은 잘렸고, 태반과 같은 물리적인 연결고리는 사라졌다.

그럼에도 아기가 살아남을 수 있는 것은 '애착'이라는 정신적 연결고리가 있기 때문이다. 이 감정적 연결은 탯줄이라는 물리적 연결고리만큼 끈끈하며, 인간의 감정 중 가장 강력한 힘을 발휘한다. 아기를 보호하려는 엄마의 감정은 먹이고 재우는 것뿐 아니라 아기의 목숨을 노리는 포식자 앞에서 목숨을 걸고 싸우게 한다. 애착은 어미가 새끼를 위하는 정열과 용기의 원천이며, '사랑'이라 부르는 감정의 시작이다.

과학자들은 태반을 가진 동물들에게서 '사랑'이라고 하는 최초의 감정이 시작되었다고 추정한다. 지구 상에 태반류가 없던 시절을 생각해 보면 이해가 간다. 초기의 동물들은 물속에서 알을 낳았다. 수백 내지 수만 개까지의 알을 물속으로 방류하니 알을 일일이 돌본다는 것은 불가능하다. 해류의 흐름을 타고 물속을 떠다니는 알들이 엄마의 품에 안겨볼 일은 거의 없다. 육지에서 아기를 낳기 시작한 동물들은 사정이 조금 다르다. 수분 증발을 막기 위해 알은 두껍게 방수 처리 되었고 그 바람에 알의 표면을 통해 영양분을 공급받을 수 없다. 어쩔 수 없이 알 속에 새끼들이 성장할 만큼의 간식과 적당한 크기의 요강(소변은 보아야 하니까)을 준비한다. 그래서 알의 크기가 제법 크다. 몇몇 동물들은 새끼가 알을 깨고 나올 때까지 알을 돌본다. 그럼에도 대부분의 새끼는 알 속에서 알을 깨고 나오자마자 험난한 세계를 상대로 홀로 삶을 꾸려가야 한다.

반면에, 태반류의 아기들은 태어나서 수개월 내지 수년간 홀로 살지 못할 정도로 연약하다. 그들은 사는 법을 배워야 하고, 살 수 있는 몸을 더 길러야 한다. 엄마의 돌봄과 교육이 절대적으로 필요하다. 그렇지 않으면 아기들은 무심한 자연환경에 휩쓸리거나 포식자들에게 먹혀서 죽고 말 것이다. 과학자들에 의하면 몇 가지 단백질이 중요한 역할을 했다. 과거에 알을 방출하게끔 만들던 옥시토신은 태반류의 시상하부에서 분비되어 아이에 대한 애착을 유발하는 역할을 하였고 내인성 오피오이드는 젖을 물리거나 새끼를 돌볼 때 평온함, 안도감, 만족감을 유발하였다. '애착'은 배꼽을 지닌 존재들이 생존을 이어가기 위해 지닌 필수적인 감정으로서 지난한 시간을 통해 선택된 생물학적 '형질'이다.

세상의 모든 것들은 이름이 붙여져 불릴 때 비로소 존재하게 된다. 이름이 붙여지지 않은 것들은 우리의 이해 영역 아래 모호한 형태로 남아 있다. 이름을 부를 때 그것은 비로소 어떤 '의미'로 거듭난다. '사랑'도 마찬가지다. 어떤 무엇이 아무리 우주적이고 고결한 가치가 있는 것이라 하더라도 이름이 없다면 존재하지 않는 것과 같다.

태반류의 출현은 '사랑의 시작'이었다기 보다는 이른바 '이름 붙이기'였다고 보는 것이 타당하다. 사랑은 그 이전부터 존재해 왔고, 우주를 둘러싸고 있었다. 그렇지 않고서야 왜 먼지가 별들이 되고 별들에서 원소가 출현하고 원소가 모여 생명이 되었을까? 어떻게 세균이 공생하면서 진핵생물이 되었고, 굳이 더 많은 세포가 모여 살면서 다세포생물이 되었고, 궁극에 인간이라는 이 지점까지 왔을까? 이 질문에 대한 답을 인간의 언어로 말한다면 '사랑'이라는 단어가 가장 근접한 개념이 아닐까. 다만 오랜 시간 그것에 이름이 붙여지지 않았을 뿐이고, 인간이 있었다고 하더라도 배꼽의 출현 이전에는 누구도 사랑을 알 수 없었을 것이다. 그러나 아기를 돌보는 엄마의 애틋함에 이르러서야 우리는 '사랑'이라는 것을 이름 붙이게 되었다. 우리가 이해하는 우주의 역사에서 134억 년 정도에 이르렀을 때, 드디어 '사랑'이 눈에 보이는 형태로 출현한 것이다. 잡을 수 없고 모호하며 알 수 없는 무엇을 이제 우리는 구체적인 생명체의 관계 속에서 알게 되었다. '사랑'의 출현은 친화적인 공감의 능력과 환대, 배려 등 인간을 인간답게 하는 모든 가치의 시작이었다.

할머니는 사랑이 남달랐던 분이었다. 작은 체구에서 쉼 없이 사랑이 쏟아져 나왔다. 그것이 단순히 할머니의 유전자 속에 선택된 진화적 형질의 발현이었을까? 유전자들의 협동과 특히 옥시토신의 결정적 기여로 할머니를 움직였던 것일까? 물론 생물학적으로 볼 때 그런 측면도 있을 것이다. 그러나 우주의 역사와 생물의 역사를 함께 본다면 더 깊은 이해에 다다른다. 할머니의 자녀들을 돌보게 했던 '사랑'은 존재하는 모든 것들 속에서 드러난다. 그것은 존재를 가능하게 하고, 존재와 존재를 잇는 정신적 탯줄로서 공생과 번영을 가능하게 하고, 인간을 인간답게 만드는 거룩한 근거다.

#. 국가와 할머니

할머니에게 국가란 무엇이었을까? 국가가 존재하지 않았던 식민지 시대에 태어나 광복의 기쁨도 누렸고, 국가 주도 성장의 산업화 혜택을 받았고, 어느 정도 국가의 민주화도 경험했으므로 국가에 대해 만족해하셨을까? 할머니로부터 국가에 대한 이야기를 들어본 적이 없지만 미루어 짐작하는 것은 어렵지 않다. 안타깝게도 할머니에게 국가는 보호해주는 품이라기보다는 무서운 존재였다. 전쟁을 막지 못했고, 전쟁 중에 재산을 보호해주지 못했고, 무엇보다도 큰아들을 감시하고 잡아가는 존재였다.

그 시기에 많은 가정에서 그러했듯, 우리 집안도 큰아들만큼은 공부를 시켰다. 집안은 강원도의 조그만 마을이었지만, 장남을 초등학교 때 서울로 유학 보냈다. 전쟁 때문에 다시 고향으로 돌아와서 나머지 학업을 마치도록 했고, 대학교에 보내고, 일본 유학까지 다녀오도록 배려했다. 가족들의 기대를 한몸에 받던 큰아들이 대학 강사가 되어서 집이 안정적으로 돌아가나 싶었지만, 사정은 할머니의 기대대로 되지는 못한 듯하다. 큰아들이 다리 밑에 있는 부랑자들을 돕겠다고 나서기 시작한 것이다. 당시 원주시의 쌍다리 밑에는 넝마주이 집단이 50~60명 거주하고 있었다. 집도, 가족도 심지어 호적도 없는 이들은 '걸밥'으로 목숨을 이어가고 있었다. 큰아들은 처음엔 아이들에게 글을 가르치기 시작하더니, 나중엔 직장까지 그만두고 다리 밑으로 거처를 옮겼다. 1967년 며느리가 집으로 들어온 해였다. 아들의 도움으로 다리 밑 아이들은 학교에 다녔고, 아이들로 구성된 축구팀이 전국대회 준우승까지 했으니 어머니로서도 고생한 보람이 있었고 자랑스러웠을 것이다. 그러나 고생은 이제 시작이었다. 아들의 다리 밑 생활은 운동가로 사는 삶의 첫발을 내딛는 계기가 되었다. 큰아들은 그 일을 계기로 노동 운동, 민주화 운동, 통일 운동, 평생을 운동가로서 살았다.

한국 사회의 민주화 운동가들은 자신을 철저히 희생해야만 했다. 경제적 수입이 없었고, 독재 정권의 감시와 탄압을 받았다. 가족과 친지들까지도 직·간접적으로 고통을 나눌 수밖에 없었다.

아버지는 집에 있는 값나가는 패물까지도 팔아서 운동을 했다. 당시 국가는 건장했고, 꺾이지 않을 것처럼 보였다. 정권이 바뀌고 새 세상이 와서 온갖 희생의 과실을 거둘 수 있을 것이란 기대를 가지기 어려운 시절이었다.

그러나 할머니는 아버지의 하는 일을 두고 나무라거나 말리지는 않았다. 안타까우면서도 지지해주었던 것 같다. 어머니 역시 같은 생각이었다. 그러나 세월이 갈수록 할머니의 안타까움은 커져갔다. 슬픔은 반복되면서 무뎌지지 않고 더욱 날카로워지는 것일까? 아들의 네 번째 구속 앞에서 할머니는 서럽게 우셨고, 전화를 걸어 처음으로 누군가에게 역정을 내었다.

이창복씨 귀휴받아 딸 혼례 참석

범민족대회와 관련해 수감중인 평화통일민족회의 이창복(56) 상임의장이 닷새 동안 귀휴조처를 받아 15일 오후 서울 종로구 수운회관에서 열린 맏딸 혜원씨의 결혼식에 참석했다.   강재훈 기자

1994년 5일간의 귀휴를 받아 결혼식에 참석[1]

1) 한겨레 신문

할머니의 슬픔을 국가가 알아주었는지, 아니면 하늘이 감동하여 대통령의 맘을 흔들었는지 아버지는 누나의 결혼식에 앞서 5일간의 귀휴를 받아 나왔다.

민주주의가 무엇이기에 아버지는 그것을 위해 모든 것을 거셨던 것일까. 어머니와 아내의 희생과 슬픔을 알면서도 어떻게 그것을 다 짊어지고 낙타처럼 사막같이 메마른 길을 걸어가야 했던 것일까. 편안한 삶이라는 유혹을 물리칠 수 있었던 더 큰 유혹은 무엇이었을까. 시대적 소명과 정의에 대한 갈망, 조국에 대한 애정 등이 더 무겁게 느껴졌던 것일까. 다만 나는 할머니와 아버지의 삶을 보며 비슷한 점을 느낀다. 불인지심(不忍之心). '차마 하지 못하는 마음'이다. 집에 들어오는 모든 아이들을 차마 그냥 집에 보내지 못해 먹이시는 마음, 심지어 길고양이마저도 밥을 챙겨주는 마음, 누군가 배고픈 것이 안타까워 늘 먹이셨던 할머니와 아버지는 닮았다. 다리 밑에 아이들을 차마 그대로 내려주지 못해 먹이고 공부시켰고, 탄압받는 약자들을 차마 그대로 두지 못해서 그들을 대변해야 했고, 희생하는 동지들을 차마 그대로 두지 못해서 한번 올라탄 가시밭길에서 내려오지 못한 것이 아닐까.

아버지는 할머니께 잘해 드리지 못한 맘이 사무쳐서 할머니 묘소의 비석을 세우고 다음과 같이 비문을 시작했다.

"부모님께서는 일제식민지, 해방정국의 혼란, 6·25 전쟁 등 나라의 격동기에 형언할 수 없는 고생을 하시면서 6남매를 양육하셨는데 자손으로서 편안하게 모시지 못한 가슴 맺힌 한이 있어 이 비석을 세워 조금이나마 은덕에 보답하고자 한다."

#. '은근히 좋던 날'의 기억

아버지가 계신 날의 아침이면 형사 아저씨가 찾아오셨다. 아버지와 인사하고 커피도 마셨다. 친해서 그런 게 아니라 일 때문에 그랬다. 아버지의 일은 형사한테 감시받는 것이었고, 형사 아저씨의 일은 아버지의 동선을 일일이 상부에 보고하는 것이었다.

'딩동.' 대문 벨이 울린다. "아빠, ○ 형사 아저씨 오셨어요"라고 내가 아버지에게 공식일정의 개시를 알린다. 형사 아저씨는 거실에 들어오셔서 소파에 앉으시고 아버지도 곧 나오셔서 소파에 앉는다. 이때 할머니가 항상 따끈한 커피를 타서 내오셨다. 말갛게 프림이 잔뜩 들어간 커피였다. 그러면 김이 모락모락 나는 커피잔을 두고 아버지와 형사 아저씨는 짧은 담소를 나눈 후 두 분이 함께 출근하신다. 서울 가시는 길이니 버스터미널로 향했을 것이다.

할머니는 무슨 마음으로 커피를 담아 내오셨을까. 자기 아들을 감시하는 국가기관에서 나온 사람이라는 걸 몰랐을 리는 없었을 것이다. 일은 일이고 사람은 사람이라 형사 아저씨를 미워할 것까지는 없다고 생각하셨던 걸까. 아니면 이렇게라도 해야 아들에게 더 잘해줄 것 같다는 당부의 마음이 있었던 것일까. 하여간 할머니는 바쁘게 주방 일을 보시다가도 형사 아저씨가 오면 커피를 타서 주셨다. 형사 아저씨도 호의를 가지고 우리를 대하는 듯했다. 아버지가 구치소에 갇혔을 때는 가끔 형사 아저씨가 명절 인사를 오시곤 했고, 어린이날 우리를 동물원에 데려가겠다는 형사 아저씨도 있었다. 아버지도 양심수였고, 형사 아저씨도 양심은 있어 보였다. 그러니 서로 감시를 주고받는 이상한 관계임에도 불구하고 잘 지냈을 것이다.

출근하시는 아버지를 보며 할머니는 눈을 흘깃한다. 양복이 영 마음에 안 든다. "저걸 언제부터 입고 다니는 거여? 바지 끝이 헤졌잖어." 아들 옷이 마음에 안 든다고 손주에게 말하곤 했다. 왜 굳이 본인에게 말하지 않고 손주에게 말하는 걸까. 예의와 격식이 있는 관계란 게 이런 것이다. 절차라는 게 있어서 전할 말이 있으면 중간에 낀 사람을 통해 유통-배달과정을 거친다. 나는 할머니와 아버지 사이에 낀 손주였다. 나이로 보면 낀 사람은 아버진데,

중간에 낀 역할은 내가 했다. 할머니는 나에게 돈도 배달시켰다. 본인이 꼬깃꼬깃 모은 돈을 내게 주며 엄마 갖다 주라고 했던 적이 두세 번 있다. 아버지 양복 사 입을 돈이니까 꼭, 꼭 사 입어야 한다고 강조하면서 엄마에게 전달하라 하셨다. 그러면 할머니에게서 떠난 돈이 손주→며느리→아들을 거치는 스리쿠션이 성립된다. 스리쿠션이야 당구장에서나 보기 좋은 일이지 사람 관계에서는 영 비효율적이지 않나. 그것도 한집에 같이 사는 사람들끼리 말이다. 할머니는 이런 방식의 일 처리의 이유를 "직접 주면 안 사입어. 누가 사다 줘야 해"라 말하였지만 그건 내가 보기에 충분한 이유가 되지 못했다. 내가 보기에 스리쿠션 방식의 이러한 일 처리에는 다른 이유가 있고, 효과도 있었다. 그 이유는 직접적으로 전달할 때 감수해야 하는 여러 가지 감정들을 상쇄시키는 효과가 있기 때문이다. 할머니에게는 일체의 경제활동을 며느리에게 맡겨놓았다는 것에 대한 미안함, 아들 양복이 깔끔하지 못한 것에 대한 서운함, 이런 것들을 드러내놓고 싶지 않은 감정들이 있었을 것이다. 할머니는 아들의 옷값 정도의 일부는 본인이 모은 돈으로 그렇게 해결하시려고 했고, 스리쿠션 방식은 말 그대로 감정의 쿠션 역할을 해주었다.

할머니는 늘 며느리 덕에 먹고 산다 했다. 그렇다고 그런 삶에 대해 크게 상심하거나 후회하지 않았다. 가족들이 감옥만 안 가고 건강하고 손주들이 공부를 잘하면 된다고 생각하셨고 그게 늘 할머니의 기도 주제였다. 그런데 그런 할머니에게 뜻밖의 선물이 떨어졌다. 아버지가 국회의원에 당선된 것이다. 더 이상 형사들에게 커피를 타주지 않아도 되고, 더 이상 낡은 옷 입을 걱정 안 해도 되며, 스리쿠션 요법의 송금을 안 해도 된다. 아버지가 국회의원에 당선되던 날은 정말 짜릿했다. 12시가 넘도록 우리 측은 상대편에 근소한 차이로 뒤지고 있었다. 우리는 낙선이 거의 확실하다고 믿었고, 당선이 거의 확실하다고 믿은 상대편은 당선환영 사진촬영까지 했다. 그런데 마지막 자정을 넘기면서 개표를 시작한 투표함에서 몰표가 나왔고 결과가 뒤집어졌다. 할머니 아들이 당선된 것이다. 나는 당시 괴로운 맘을 달래기 위해 시내에서 술을 먹고 있었다. 뜻밖에 역전 소식이 전해졌고 부리나케 집에 들어왔더니 식구들 모두 선거사무실로 나가고 없었다. 사무실로 향했다. 할머니가 얼마나 기뻐하실까 나는 할머니의 반응이 궁금했다. 사무실에 도착했을 때는 이미 당선이 확정되어 축제 분위기였다. 할머니 역시 곱게 한복을 차려입고 사무실 한쪽에 앉아 계셨다. 근데 생각보다 할머니의 얼굴이 밝지 않았다. 평소 표정 그대로였다. 야무지게 다문 입술, 눈은 전방 15도 아래쪽을 주시하고 있다. 경로당에라도 가서 자랑이라도 해야 속이 풀릴 만한 경사 아닌가. 할머니

표정이 내 기대에 못 미쳤다. 할머니는 좀 더 환하게 웃어야 하고, 더 밝아야 하고, 가능하다면 어깨춤도 춰야 맞다. 하여 내가 설득하듯 할머니에게 다가가서 물었다.

"할머니 좋죠? 기분이 엄청 좋죠? 그죠~"

그러고 나서 할머니의 대답이 아주 신묘하였다.

"은근히 좋아."

어떻게 좋은 거길래 '은근히' 좋은 걸까. 처음에 이 말을 들었을 때는 그냥 재밌는 표현이라고 생각했다. 할머니가 어깨춤을 출 정도의 체력이 있는 분도 아니고, 박수를 치며 환호 지를 성격도 아니니까 어쩌면 자기가 할 수 있는 물리적 표현력을 '은근히'라고 썼을 뿐일 수도 있다고 생각했다. 가만히 앉아서 좋아하려면 은근히 좋을 수밖에 없는 것이다.

근데 시간이 지나면서 '은근히'라는 말이 다른 깊이의 의미로 다가왔다. 그것은 할머니의 신앙의 결과물이었다. 모든 걸 하나님 탓으로 돌리던 독실한 기독교 신자였던 할머니에게는 국회의원 배지도 하나님 탓이었다. 그래서 그날의 '당선'도 좋긴 좋은 건데 내 것이 아니고 내가 거기에 기여한 바도 없어서 '은근히' 좋은 것이다. 하나님께서 일을 시킬만했으니 시킨 것일 뿐이고, 따라서 내가 자랑하고 다닐 만한 종류의 '업적'도 아니어서 '은근히' 좋은 것이다. 만일 낙선되었어도 하나님 탓이어서 '은근히' 싫었을까?

그로부터 6년 후 2006년, 아버지는 강원도지사 선거에 출마했다가 낙선했다. 2006년은 할머니가 거동이 불편하여 침상생활을 하던 때였다. 방에 누워계신 할머니에게 아버지의 낙선 소식을 정했다. 할머니는 '은근히 싫어'라고는 말씀하시지 않았다. 몸을 휙 돌아누우시는 모습이 최소한 은근한 정도 이상으로 좋지 않았다는 것을 알 수 있었다. 그리고 이렇게 말씀하셨다.

"예끼, 갖다 쓴 돈이 얼마여."

'은근히'라고 표현하기에는 싫은 정도가 강하다. 그럴 수밖에 없다. 돈이 아까운 것은 어쩔 수 없이 할머니다운 생각이니까.

#. 물의 심판

장마철이었다. 몇 날 며칠 비가 계속 왔다. 뉴스에서는 각종 물난리 소식이 이어졌다. 추적추적 비는 내렸지만 한여름의 열기가 식지는 않았다. 후덥지근한 날씨는 할머니의 목덜미 밑으로 늘어진 티셔츠를 더욱 후줄근하게 늘어뜨렸다. 할머니께서 창밖에 빗물 떨어지는 것을 물끄러미 오랜 기간 바라보시더니 찬찬히 입을 떼시었다.

"올해는 물로 심판하시려나."

할머니는 생활 속에서 일어나는 작은 변화 하나도 신의 섭리 속에서 이해했던 분이었다. 내가 특히 이 장면을 기억하는 이유는 그러한 할머니의 이해 속에 드러나는 신앙에 대한 경외나 감탄이 아니었다. 그보다 장마철의 자연스러운 자연의 이치를 신의 심판으로 이해하는 할머니가 이상했던 것이다. 할머니는 이 말씀을 내뱉으시더니 한동안 비를 쳐다보았다. 할머니가 누구에게도 자신의 말에 대한 동의를 구하려는 의도는 없었지만 나는 눈빛으로 말했다.

"동의하지 못하겠네요. 할머니. 저건 그냥 빗물이에요."

광화문에서의 시민 혁명으로 정권이 바뀌고 1년이 채 안 되어 일어나는 급격한 변화를 실감하는 요즈음 할머니의 기억이 떠올랐다. 물로 심판하시려나, 하시던 기억. 나는 이 물이 눈물이라면 물의 심판도 맞는 말이려니 싶다. 파커 J. 파머는 그의 저서 〈비통한 자들의 정치학〉에서 눈물을 흘리는 비통한 마음의 위력에 대해 이렇게 말했다.

"…좋든 나쁘든 인간의 마음에서 일어나는 일들 가운데 비통함만큼 강력한 것은 없다. 히틀러가 '민족의 위대함'을 아리안족의 우월성의 신화를 통해 복원하겠다고 약속했을 때, 그에게 권력을 부여한 것은 결국 평범한 독일인들이었다. 그들은 제1차 세계대전에서의 패배와 바이마르공화국에서 경험한 경제적 실패, 문화적 굴욕감으로 인해 크게 비통해했다. 그리고 칠레와 아르헨티나에서 폭군들의 잔인함을 폭로하고, 공공 시위를 통해 정의를 요구함으로써 그 살인마들을 권좌에서 끌어내린 것은 '실종자들'로 인해 비통해한 할머니들이었다."

사랑하는 사람을 잃었을 때, 사랑하는 가치가 훼손되었을 때, 부당한 권력에 의해 억압당할 때 인간은 비통해한다. 개별적인 비통함들이라면 그 에너지가 크지 않아 무언가를 변화시키기에 턱없이 부족하다. 분노와 체념 속에 안으로 눈물을 삼킬 수밖에 없을 것이다. 그런데 파커 J. 파머에 의하면 인간의 비통함은 다르다. 인간의 비통함은 개별적인 주체들을 넘어서 한데 모이는 경향이 있다. 빗물이 아래로 흐르듯. 개별적인 몸뚱어리를 넘어서 그것은 밖으로 넘친다. 비통한 자의 가슴, 그 부서진 마음의 틈을 타고 눈물은 쏟아져 내린다. 흐르고 흘러서 광장 아래에 쌓인다. 그곳에서 수많은 눈물들은 서로 만난다. 비통함이 한데 섞인다. 보이지 않게 쌓였던 눈물은 어느 순간 임계치를 넘기는 사건을 경험하며 폭발한다. 광장을 통해 분출되는 엄청난 에너지의 원천은 수많은 사람의 비통함이며 이것의 폭발력은 사회를 변혁시키기에 충분하다.

지난 정권들 하에서 비통함으로 흘린 눈물이 모여 폭발한 것을 우리는 경험했다. 그리고 불과 1년 만에 영원할 것 같았던 권위와 권세들은 줄지어 사법부의 판단을 받았다. 이것이 심판이 아니고

무얼까. 이것이 심판이라면 물로써 받은 심판이 아닐까. 아이들의 눈물, 어머니의 눈물, 농민의 눈물, 정의를 갈망하는 자의 눈물. 눈물을 타고 모여든 비통한 마음들이 폭발한 것이다.

연약하고 가진 것 없는 사람들이 무기력하게 폭력 앞에 놓였을 때, 어떠한 노력도 소용없을 정도의 거대한 권력에 의해 압도당할 때 사람들은 운다. 눈물은 마지막 저항이어서 속 깊은 곳에서부터 솟아 나와 있는 힘껏 달린다. 눈물이 흐른다는 이야기는 체념하지 않는다는 뜻이다. 눈물은 저항하려는 힘이니까. 나의 할머니도 연약한 사람이었다. 남성중심의 가부장적인 문화 속에서 소외되어 있었고, 독재 정권의 공권력에 아들을 빼앗기는 수모를 겪어보았고, 그럴 때마다 아무것도 할 수 없는 연약한 몸이어서 그저 울 수밖에 없었다.

"올해는 물로써 심판하시려나~" 할머니의 예언은 이루어졌다. 그런데 이건 매번 이루어졌으면 좋겠다. 타인의 눈에서 눈물을 쏟게 하는 인간은 언젠가는 반드시 심판받는다는 법칙이 매번 이루어졌으면 좋겠다.

해설 12. 눈물은 왜 짠가

왜 슬프면 눈에서 짠 물이 나오는가? 왜 하필 눈인가? 왜 하필 물인데 짠 물인가? 이 어려운 질문을 함민복 시인은 본인의 에세이 제목으로 삼았다. 형편이 어려워져서 어머니를 이모 댁에 모셔 다드리는 날, 시인은 어머니와 함께 고기 국밥을 먹는다. 중이염 때문에 고기를 먹으면 귀에서 진물이 나오는 어머니는 굳이 고기 국밥을 먹으러 가자 하셨고, 국물을 더 시켜서 시인의 뚝배기에 건네주셨다. 어머니의 마음을 느낀 시인은 눈물이 핑 돌았고, 속에서 질문이 나왔다. '눈물은 왜 짠가.'

이것을 과학적으로 설명하자면 이렇다. 우리 몸속에 있는 물은 짠데, 그 이유는 체액 속의 나트륨 성분 때문이다. 나트륨이 염소와 결합한 염화나트륨이 소금이다. 나트륨은 우리 체액에 상당 분량 녹아있고, 적정 용량이 유지되어야 한다. 나트륨은 체액의 삼투압을 적절하게 유지시켜서, 각종 세포의 대사활동을 도와준다. 우리가 보통 먹는 물은 소금물이 아니라 맹물이어서 우리 콩팥이 하는 중요한 일 중의 하나는 소변 중에 있는 나트륨을 재흡수해서 몸 안의 나트륨이 빠져나가지 않게 하는 것이다(그래서 소변은 맹물이다). 특별히 나트륨은 신경전달에서 뛰어난 역할을 수행한다. 신경을 통해 정보가 전달될 때 나트륨은 마치 파도타기 하는 것처럼 신경세포 안으로 들어갔다가 나온다. 나트륨의 파도타기가 신경전달이기 때문에 우리 몸속에 나트륨 농도가 정상범위에서 벗어나면 여러 가지 신경학적 증상이 나타나게 된다.

추측건대 우리 몸이 나트륨을 이토록 광범위하게 이용하는 이유는 아마도 몸이 나트륨이 많은 환경인 바다에서 출현했기 때문이 아닐까. 바닷물에는 나트륨이 풍부하여 물이 짜다. 우리 몸의 역사를 본다면 몸의 대부분은 바다에서 형성되었다. 38억 년 전에 출현한 생명체는 30억 년 동안 바닷속에서만 살았다. 그럭저럭 지낸 것이 아니라 수많은 환경 속에서 유전적 돌연변이로 세포대사의 다양한 가능성을 탐색했을 것이다. 세포들이 모여서 몸을 형성하고 최초로 팔다리와 같은 부속지를 처음 만들었을 때도 물속에 있었다. 초기 동물들에겐 물속에 가장 풍부하게 녹아있던 이 자원이 여러 가지로 유용했을 것이다.

지금도 물속에서의 기억은 우리 몸에 남아 있다. 우리도 탄생 초기에는 물속에서 시작한다. 우리가 엄마 배 속에 있을 때 하는 일이란 물 밖에 나갈 채비를 하는 것이다. 물이 증발하지 않게끔 단단한 피부를 형성하고, 물이 모자랄 때 바로바로 물을 마실 수 있는 신경계와 근육을 만들고, 물속의 염류의 농도를 조절할 콩팥을 만들고, 물을 내부적으로 순환시킬 수 있는 순환계를 만든다. 이게 다 물속에 있을 때 일어나는 일들이다.

과학적 설명인즉, 요약하자면 눈물이 짠 이유는 체액 속의 나트륨 때문이고, 그게 많은 이유는 우리 몸이 아주 오래된 바다의 기억을 간직하고 있기 때문이다. 짠 이유를 하나 더 생각해 볼 수 있겠다. 음식을 오래 보관할 때 소금에 음식을 절인다. 이것은 소금 자체가 가지고 있는 살균력 때문이겠다. 세균은 소금에 절인 음식에서는 생명을 유지할 수 없다. 소금물은 정화의 기능을 가진다는 말이다. 혹시 눈물에 어떤 것을 씻어내는 역할이 있는 것은 아닐까.

할머니는 서러운 슬픔이 복받칠 때마다 우셨다. 할머니 인생에서 가장 많이 울었던 시절은 결혼 초기 시어머니와 함께 집안 살림을 꾸려가던 시절이었다. 매일같이 반복되는 주방일과 빨래와 청소를 감당하는 것도 쉽지 않았지만, 가장 참기 힘든 것은 부당한 지적이었다. 집안에 돈이 없어진 일이 몇 번 있었고, 그때마다 시어머니는 며느리를 의심했다고 한다. "팥이 어디 가겠니?"라며 범인으로 며느리를 지목하는 시어머니의 음성은 날카롭게 서 있었다. 안 그래도 결혼할 때 가져온 게 없다고 핀잔받는 며느리의 마음은 조롱과 멸시로 서글프다. 그러나 며느리는 함부로 시어머니와 논쟁을 벌일 수 있는 처지가 아니다. 시시비비를 가리는 것은 위치와 입장이 어느 정도 균형을 이룰 때 가능한 것이지, 그 시절 시어머니와 며느리의 관계에서는 통하지 않는 것이었다. 더군다나 시어머니는 천석꾼 집안에서 많은 땅을 함께 가지고 온 분 아닌가. 할머니는 늘 억울하게 당했고, 한번은 대거리했었다. "그래서 그 재산 다 어디로 갔는데요?" 며느리가 되받아치자, 시어머니는 득달같이 달려 드셨다. 요년이 어디서 주둥이질이냐며 시어머니는 할머니의 머리채를 쥐어 잡았다. 얼마나 서러웠는지 할머니는 벽에 머리를 박으면서 우셨다고 한다. 아픈 기억은 너무도 생생하게 살아있었던 건지, 할머니는 돌아가시기 전까지도 시어머니 얘기를 하셨다. 서럽고 외로웠던 한 여성의 시집살이를 위로해 준 것은 눈물이었고, 눈물이 감정을 정화해 주었기에 견딜 수 있었던 것은 아닐까.

그러나 설명이 아무래도 부족하다. 왜, 다른데도 아닌 꼭 눈이어야 하는가? 궁금증이 가시지 않는다. 왜, 시인은 입으로 국물을 마시다가 입이나 코가 아닌 눈에서 물을 흘리느냐는 것이다.

물의 본성을 짚고 넘어가지 않을 수 없다. 물은 자연계에 존재하는 물질 중 가장 무난하다. 노자도 '상선약수(上善若水)'라 했다. 최고의 선은 물과 같다는 말인데, 물이 이런 극찬을 받는 것은 물의 녹여내는 성질과 형체를 갖지 않는 유연함 때문이다. 그래서 물은 여타의 물질들을 녹여내어서 함께 아래로 흐른다. 물을 강제하는 것이 있다면 오직 중력뿐이다. 지구 표면에 사는 우리들로서는 물이 지구 중심부인 아래 방향으로 흐르는 것을 볼 수밖에 없다. 장애물이 있으면 에두르고, 아주 작은 틈이 있으면 스며든다. 이러한 물의 성질 때문에 빨래하거나 설거지하거나 목욕할 때 우리는 물을 이용한다. 물을 대체할 수 있는 것은 없다.

몸 안에서도 물은 상선(上善)이다. 모든 것을 녹이는 성질을 이용해서 생명은 산다. 생체 분자들은 물이 있어야 이동가능하고, 세포의 안도 물이고 밖도 물이다. 몸 안의 물이 아래로만 흐르면 위쪽의 세포가 살 수 없기 때문에 몸은 심장으로 펌프질하고 물이 다닐 수 있는 혈관을 만들어 위로 물을 보낸다. 물은 너무나 유연해서 아주 작은 모세혈관에도 스며든다. 모세혈관은 1㎟의 크기에 수백 개 존재한다. 모든 것을 녹여낼 수 있어서 씻음의 역할을 하고, 형태를 고집하지 않아서 아주 작은 틈새에도 스며드는 물의 본성 때문인지 여러 종교에서는 물로 세례를 받고 과거의 죄를 씻어내기도 한다.

김동규와 김응빈은 인간을 일컬어 '호모멜랑콜리쿠스'라고 명명

했다. 인간이라면 숙명적으로 우울을 겪는다는 말이다.[1] 그들에 의하면 인간의 어쩔 수 없는 슬픔과 우울은 인간의 '인간다움'에서 기인한다. 우리는 뛰어나게 많이 아는 사람이나 강철같은 체력을 가진 사람을 두고 인간답다고 하지 않는다. 능력이 모자라더라도 다정다감하고, 애정이 많은 사람을 두고 '인간답다'고 한다. '인간다움'은 지식이나 체력이 아닌 사랑에 있다. 사랑할 줄 아는 사람이 인간다운 인간인 것이다. 그러한 인간의 본성 때문에 인간은 어쩔 수 없는 십자가를 감당해야 하는데, 그것이 슬픔이다. 인간은 유한하기에 인간의 사랑도 영원할 수 없고, 언젠가는 상실의 아픔을 겪기 마련이다. 사랑하지 않으면 겪지 않아도 될 것이지만, 인간은 그럴 수 없다. 사랑할 수밖에 없고 그 때문에 상실할 수밖에 없는 것이다. 인간이면 누구나 사랑하는 사람이 떠나고 나서의 외로움을 감당해야 한다. 그래서 인간은 호모멜랑콜리쿠스이다.

슬픔을 감당해야 하는 인간에겐 위로가 필요하다. 슬픔이 숙명이라면 '위로'도 숙명이어야 한다. 그래서 인간 안에는 위로의 기능이 탑재된 뭔가가 필요했다. 가능하면 정화의 역할이 담긴 짠물이면 좋다. 슬픔을 감당하는 가장 큰 곳은 가슴이다. 물은 아래로

---

1) 김동규·김응빈 공저, 〈미생물이 플라톤을 만났을 때〉, 2019, 문학동네, 251p

흐르기 때문에 가슴을 적시려면 가슴보다 위에서 흘러나와야 한다. 콧물도 있지만, 콧물은 얼굴을 적시지 못하고 바로 짠맛을 봐야 해서 적당하지 않다. 눈이 좋다. 눈에서 나오는 물이라면 얼굴을 쓰다듬고 쓰린 가슴을 안아줄 수 있다.

할머니는 물로 텃밭에 채소를 기르고, 부엌에서 밥을 지었고, 수돗가에서 빨래를 했다. 그리고 슬픔이 복받칠 때 할머니 속에서 눈물이 솟아 나와 얼굴을 쓰다듬고 가슴을 적시며 위로해 주었다. 할머니에게 물은 생명의 물이면서 위로와 정화의 물이었다.

#. 할머니와 기도

할머니가 언제부턴가 교회를 다니셨다. 교회를 다니시고부터 기도를 하기 시작하셨다. 할머니가 기도하는 시간은 할머니가 나이 드시면서, 점점 왜소해지고 연약해지시면서 더욱 많아졌다. 나중에 연로해지셔서는 기도와 함께 살았다고 봐야 한다. 거동이 안되어 방 안에만 누워있을 때도 할머니는 혼자 있지 않았다. 기도와 함께 있었다. '기도하였다'라고 말하지 않고 기도와 함께 있었다는 표현을 쓴 이유가 있다. 지금부터 그 이유를 설명하고자 한다.

나는 할머니 기대만큼 썩 공부를 잘하지 못했었다. 초등학교를 졸업할 때까지 집에서 책을 들여다본 적이 거의 없다. 관심 자체가 없었다. 내가 초등학교 때의 기억이다. 다음날이 시험이었으니까 아마 2학년 1학기 말 정도 되었을지 싶다. 내가 집에 있는 식구들 앞에서 다음날 시험이라고 얘기했더니 작은누나와 막내 고모가 화들짝 놀랐다. "너 정말이니?", "너, 공부해야 하는데 안 했잖니"라면서 일산 초등학교 앞 문구점에 가서 문제집을 사 왔다. 당시 가장 잘 팔리던 '다달학습'이었다. 그것을 작은누나와 막내 고모에 붙들려 시험 전날에 열심히 풀었다. 막내 고모 말이 시험문제가 여기서 다 나온다고 했다. 그래서 나는 다음날 내 생애 첫 번째 시험일에 다달학습 답안지를 뜯어서 주머니에 넣고 갔다. 답안지를 보고 베낄 계획이었다. '답안지가 있는데, 왜 힘들게 문제를 푸나. 그냥 답안지를 가져가서 보고 적으면 되지'라고 생각했다. 시험시간에 주머니에 꼬깃꼬깃한 답안지를 펼쳐서 책상 밑에 놓고 몰래 보던 두근거리던 기억이 있다. 그러나 곧 그대로 베껴 쓸 수 없다는 것을 알고 답안지를 다시 주머니에 꾸역꾸역 집어넣었다. 그 정도로 바보는 아니었던 거다. 집에 오는 길, 볼록하게 튀어나온 바지에 뭐가 들었냐고 누가 물어볼까 봐 두려웠었다. 시험답안을 누가 거저 줄 리 없다는 것을 깨닫고 나서도 나는 시험을 위한 공부는 하지 않았다. 그래서 늘 할머니가 걱정했다. "너 그러면 어떡해. 너 저기 저 윗동네에 사는 누구처럼 되어. 그렇게 공부를 안 하면 뭐가 될려그러…" 말씀하시던 할머니. 방학 때 유선방송에서 나오는 쿵후 영화를 오전 내내 보고 있으면 할머니는 계속 방을 들락날락하시면서 한숨을 쉬시곤 했다.

　중학교 때다. 무슨 과목이었는지 100점을 맞았다. 집에 돌아왔더니 할머니가 설거지를 하고 있었다. "할머니 나 백 점 맞았어요" 말했고, 이어지는 할머니의 반응이 매우 놀라웠다. 갑자기 동작 그만, 할머니는 고개를 하늘로 쳐든 채, 아무런 움직임 없이 말했다. "주여, 감사합니다. 우리 낙원이 지혜 총명 주셔서 감사합니다."

　그토록 바라던 것이 왔으며, 그것에 대해 정말로 진심에서 우러나오는 감사를 느낄 수 있었는데, 그 장면이 어찌나 놀랍고도 한편으로 재밌었는지 그날 이후 나는 20년간 보는 시험 족족히 100점을 맞았다고 했다. 10점 만점 받아쓰기는 물론이고, 심지어는 400점 만점인 국가고시를 보고 나서도 백 점을 맞았다고 했다. 그때마다 할머니의 감사 기도는 비디오테이프처럼 재생되었다.

　할머니는 기도를 많이 하셨다. 식사할 때는 물론이고, 설거지하시다가도, 청소하시다가도 기도하시곤 했다. 방에 혼자 계실 때 들어가면 기도하시는 모습을 많이 목격했다. 할머니의 기도는 두 종류였다. 하나는 '하시는 기도'이고 다른 하나는 '터져 나오는 기도'다. 전자가 능동적 기도라면 후자는 수동적 기도다. 내가 백 점을 맞았다고 했을 때 할머니가 하셨던 것은 '터져 나오는 기도'였다. '터져 나오는 기도'는 자신의 의도나 계획에 없던 비일상적 사건을 경험할 때 나왔다. 용돈을 받으시거나, 친지가 옷을 사 오시거나, 비가 오다 개어 빨래를 널 수 있는 화창한 날씨가 되는 작은 변화도 할머니에게는 비일상적 사건이었던 것 같다. 그런 경우에도 '터져 나오는 기도'를 볼 수 있었으니 말이다. 이런 경우 사람이 '기도를 한다'는 표현보다는 '기도가 안에서 밀고 나온다'는 표현이 더 어울린다. 그 장면을 본 사람은 알 수 있다. 머리에서 할 말을 만들고 입에서 발음을 만들어서 내는 소리가 아니라 속 깊은 곳에서부터 달음질쳐 나오는 소리에 입이 반응하는 것이다. 그래서 발음이 서툴다. '주여'가 아니라 '즈~여'가 된다.

할머니가 늘 감사의 기도를 하신 건 아니다. 힘든 일이 생기면 원망과 하소연을 담아 기도를 하셨다. 눈물로 기도하실 때는 분노와 노여움도 담으셨다. 하나님께 곧잘 싫은 소리도 하는 분이셨다. 그럴 때 어떻게든 슬픔이 걷히시는 걸 보면 하나님이 어떤 식으로든 응답을 주셨다고 나는 생각한다.

'기도와 함께 있었다'는 말은 이런 뜻이다. 기도는 만들어내는 것이 아니고, 속에 똬리를 틀고 있던 무엇이 튀어나오는 것이기도 하다는 말이다. 본래 함께 있어야 튀어나올 수 있는 법이다. 할머니가 연로해지시면서 방 안에 혼자 계시는 시간엔 늘 기도가 같이 있었다. 할머니를 간병하면서 할머니의 마지막 과정을 도우셨던 이모에게 들은 말이다. 방문이 조금 열려있을 때면 할머니의 기도 소리가 들린다고 했다.

"예수님, 이제 그만하면 데려가야 하는 거 아니에요? 나이를 이만큼 먹었는데 왜 안 데려가요?"

오빠에게 채근 대는 아이의 목소리다. 예수님께서 뭐라 대답하셨는지, 대답을 받으셨는지는 내가 알 길이 없지만, 확실한 건 그분은 이천 년 전의 예수가 아니라는 것이다. 할머니의 말벗이 되시는 그분은 지금 할머니 머리맡에 앉아 소녀의 말에 귀를 기울이고 계시는 현재에 살아계시는 오빠다. 갈릴리 사람 예수가 아니라 우리 동네 어딘가에 살다가 할머니가 부르면 달려오시는 동네 오빠다. 어쩌면 함께 있었던 것이 기도가 아니고 예수였을지도 모른다.

만일 기도가 없었으면 어떻게 되었을까? 할머니가 살 수 있었을까? 기도의 효과에 대해 말하는 것이 아니라 기도의 의미에 대해서 묻는 것이다. 할머니에게 기도는 '인간적인 욕망의 투사물'이 아니라, 어떤 말할 수 없는 '실재'였다. 기도란 게 존재하지 않았다면 할머니는 어떻게 되었을까? 살 수 없었을 것 같고 살 수 있었다고 해도 다른 방식의 삶을 살았을지 모르겠다. 작은 기쁨들과 모진 노동과 때때로 찾아오는 격한 슬픔들이 뒤엉킨 삶이었다. 연약한 몸으로 헤쳐 온 삶의 끝에는 귀엽고 욕심 없는 작은 소녀가 있었다. 그 '고운 마음'을 유지할 수 있었던 비결이 바로 기도에 있다고 생각한다.

#. 꽃은꽃

할머니는 어버이날 꽃을 가슴에 달아드리면 일주일 동안 떼지 않았다. 기억이 부정확할지 몰라도 최소 일주일 정도는 달고 다니셨던 걸로 기억한다. 어버이날이 지난 그다음 주에도 할머니가 교회에 갈 때는 항상 가슴에 꽃을 챙겼던 것이 기억난다. 외출할 때도 꼭 꽃을 달고 나가셨다. 어버이날이 지나도 굳이 꽃을 떼지 않는 모습은 참 재밌었다. 그 이유가 뭘까? 우리 손주가 달아줬다는 걸 자랑하고 싶었던 것일까? 나도 집에 꽃 달아줄 식구들이 있다는 걸 내보이고 싶었던 걸까? 아니다. 할머니는 자랑을 즐기시는 분이 아니었다. 확신하건대 할머니가 가슴에 카네이션을 떼지 않은 이유는 꽃이 예뻐서다. 할머니는 순수하게 꽃이 예뻐서 가슴에 오랫동안 달고 다녔다. 평소에도 예쁘게 입을 벌린 꽃들을 보면 이쁘다 이쁘다 하셨다. 졸업식에서 받은 꽃다발을 집에 들고 들어오면 이쁘다고 하셨다. 할머니는 옷도 꽃무늬가 새겨진 디자인을 좋아하셨다.

할머니가 예뻐하지 않았던 꽃이 딱 하나 있다. 사랑받지 못할 운명의 꽃도 있다니 꽃의 입장에서는 애석하지 않을 수 없다. 바로 우리 집 앞마당에서 매년 봄마다 만개했던 목련꽃이다. 할머니는 환하게 입을 벌린 목련꽃을 보면서 이렇게 말씀하시곤 했다.

"저녀녀거를 비어 내버렸어야 하는데, 우리 이사 올 때 비어버렸어야 하는데."

봄과 여름엔 마당에 해를 가린다고 싫어했고, 꽃잎이 떨어질 때는 마당을 더럽힌다고 싫어하셨다. 목련꽃은 전성기에는 어느 꽃 못지않게 화려하고 보기 좋지만, 불과 1~2주간의 전성기가 지나가면 그 가는 모습이 더디고 지저분하다. 목련 꽃잎은 축 늘어진 채 대롱대롱 가지 끝에 매달리다가 땅바닥에 하나씩 떨어진다. 그리고 이파리에 수분이 빠지면서 바나나껍질처럼 말라간다. 꽃의 외모를 예뻐하셨던 할머니로서는 목련꽃이 이쁠 리 없었다. 목련나무는 꽤 컸다. 기와집이었던 우리 집 지붕 위로까지 가지가 뻗어 있을 정도였다. 이파리가 무성한 여름이면 빨래 말릴 햇볕까지 차단했다. 학교에서 돌아오면 바닥에 떨어진 목련꽃을 쓸어 담은 비료부대를 보곤 했다. 그걸 혼자 다 치우셨던 할머니가 목련꽃이 달가울 리 없었다. 어느 해인가 목련나무는 싹둑 잘려 사라졌다. 할머니가 사람을 시켜서 잘라버리신 것이다.

인생의 아이러니인지. 할머니의 마지막 몸은 목련꽃을 닮아 있었다. 더디고 천천히 몸에 생기가 빠져나갔다. 목련 꽃 이파리에 물이 빠지듯이 서서히 물이 빠지면서 주름이 늘고 기운이 쇠약해졌다. 마지막 일 년은 침대에서 나오지 못하셨고 마지막 3개월은 식사도 입에 넣어드렸고, 물도 빨대 달린 물통을 이용해 입에 빨대를 물려드려야 드실 수 있었다. 그 과정은 할머니로서는 탐탁지 않은 과정이었다. 다른 사람의 손에 자기 자신의 몸을 맡기는 일이 할머니 성격에 꽤 싫었을 것이다. 꽃도 예뻐야 좋아했던 할머니가 예쁘지 않은 자신의 몸을 좋아할 리 없었다. 할머니는 늙었는데 빨리 안 죽는다고 불평하시곤 했다. 그러나 어쩌랴. 사람 목숨은 자신도 어쩔 수 없는 것. 목련나무처럼 사람 시켜서 비어 내버릴 수도 없는 것이다. 그러니 불평이 있더라도 있는 채로, 없으면 없는 채로 몸이라는 작은 나무에 존재하던 모든 수분이 다 빠져나갈 때까지 기다리는 것이다.

할머니는 아흔셋의 나이로 임종하셨다. 그해 나는 경상남도 진주에서 공군 군의관으로 근무 중이었는데, 다행히 할머니 돌아가시는 날 원주 고향 집에 있었다. 그날은 일요일이었다. 후배의 결혼식이 있는 날이어서 전날 토요일에 진주에서 차를 끌고 다섯 살, 세 살 난 두 아이를 데리고 아내와 함께 원주에 왔다. 일요일 아침, 우리는 외출준비를 하고 있었다. 근데 세 살짜리 영준이가 사라졌다. 이제 겨우 아장아장 걷는 아이가 보이지 않았다. 거실에도 부엌에도 없었다. 혹시나 해서 할머니 방에 들어가니 방에 영준이와 할머니가 함께 있었다. 영준이는 물통을 들어 할머니 입에다 드렸고, 할머니는 빨대를 통해 물통의 물을 쪽쪽 빨아서 드시고 있었다. 아마도 전날, 영준이가 다른 사람이 할머니 물을 먹여드리는 것을 보았었나 보다. 기특하다고 생각했다.

아이 둘과 나와 아내 이렇게 네 식구는 후배 결혼식이 있는 단구동 성당에 갔다. 그리고 결혼식 끝나고 사진촬영을 하고 식사하는 중에 엄마로부터 전화가 왔다. 할머니가 곧 돌아가실 것 같다는 전화였다. 우리가 어머니 전화를 받고 부리나케 집으로 돌아왔을 때 마침 할머니의 마지막 숨이 들어가고 있었다. 나는 그때 마지막 들어가는 숨, 그리고 다시 나오지 못하는 숨을 보았다.

돌아보면 그날 하루의 경험은 사람의 삶과 죽음의 현장을 상징적으로 보여주는 듯하다. 이제 삶을 시작하는 아이가, 삶을 마무리하는 사람에게 물을 먹여주었다. 물이 다 빠져 말라가는 몸이 느끼는 마지막 갈증을 물이 탱탱하게 오른 어린아이가 축여 주었다. 긴 여행을 떠나는 이에게 남은 자가 노잣돈을 쥐여주는 모습이다. 아니, 건네는 자가 '아기'였으므로 배턴터치라는 은유가 더 적절할 것 같다. 삶이라는 길고 긴 트랙을 돌고 돌아 지친 선수의 휴식을 위해 다른 선수가 대신 그라운드에 올랐다. 배턴을 터치하고 한 사람은 쉼으로 돌아가고 다른 한 사람은 먼저 돌고 온 선수의 나머지 트랙을 뛰기 시작한다. 결승점은 따로 없다. 삶이라는 트랙은 그렇게 돌고 도는 무한한 순환이다. 그리고 우리는 하필이면 그날, 새로운 생명을 약속하는 결혼식을 경험한다. 생애 가장 발랄한 순간들, 새 생명을 약속하는 순간들이 이어질 결혼식. 그리고 겪게 되는 한 사람의 죽음과 이별.

숨이 멎은 순간의 할머니 얼굴은 내가 본 할머니의 표정 중 가장 평온하고 편안한 표정이었다. '빨리 데려가 달라'는 할머니의 인간적인 기도가 실현되지는 않았음에도 할머니는 모든 것을 이룬 것 같은 표정을 보였다. 그리고 추측하건대 마지막 숨을 거둔 후에도 늘 그랬던 것 같이 기도를 하셨을 것이다. 할머니가 했었을 것 같은 기도를 책을 읽다가 발췌해 둔 적이 있다. 아브라함 여호수아 헤셸의 기도인데 옮겨 적는다.

"여기에 제가 있습니다. 그리고 이것이 제가 살아온 날들의 기록입니다. 저의 가슴속을 살피시고, 저의 희망과 후회를 살펴주십시오."[1]

1) 아브라함 요수아 헤셸, 〈헤셸의 슬기로운 말들〉, 2012, 한국기독교연구소

삶과 죽음, 그리고 사랑에 대하여

순환

나는 어려서 아버지에게 바둑을 배웠다. 초등학교도 들어가기 전이었다. 하수인 내가 검은 돌을 아버지가 흰 돌을 놓았다. 처음 에는 검은 돌 아홉 개를 먼저 올려놓은 채로 경기를 시작했다. 시 작은 검은 돌이 압도적으로 우세했지만 시간이 지날수록 하얀 돌 이 많아지더니, 대게는 하얀 돌의 승리로 경기가 끝나곤 했다. 나 는 형세가 불리해지면 한 점만 물려 달라고 떼를 쓰기도 하고, 경 기에서 진 후에는 분에 못 이겨 울기도 했다. 그러나 해를 거듭할 수록 내 바둑 솜씨는 늘었다. 9점 올려놓고 시작했던 것을 나중에는 4점까지 줄였다. 시간이 흐르면서 나의 승률도 함께 올라갔다.

　나는 어제 13살 아들 영준이와 농구시합을 했다. 오락실에 있는 농구 게임은 정해진 시간 안에 공을 얼마나 많이 골인시키느냐에 따라 점수판의 점수가 올라간다. 첫 30초 이내에 50점 이상 얻으면 다시 30초가 추가되고, 추가 시간에 150점을 돌파하면 다시 30초가 추가로 얻어진다. 우리는 두 판을 해서 최고점수로 승부를 보자는 룰을 정했다. 나의 최고점수는 235점, 아들 영준이의 점수는 239점이었다. 비교도 안 될 점수 차로 이길 것이라고 예상했는데 뜻밖에 결과였다. 나는 실력은 그대로인데 영준이의 실력은 점점 성장세다. 배드민턴과 달리기에서 뒤진 지는 몇 년 되었고, 이제는 농구까지 졌다. 이제 내가 아들에게 이길 수 있는 경기는 볼링과 탁구 두 종목이 남았다. 다행히 탁구는 지금도 10점 주고도 21점 내기 경기에서 무리 없이 이길 수 있다. 그렇지만 언젠가는 탁구마저 승리의 자리를 아들에게 넘겨주게 될 것이다.

　시간이 가면 바뀌는 것들이 있다. 후임자들이 자라면서 자신의 영역이 줄어들고, 또 넘겨줘야 하는 것들이다. 그중 가장 핵심적인 것은 우리의 물리적인 몸 그 자체이다. 언젠가 몸 자체를 후임자들에게 물려주어야 한다. 원하든 원하지 않던 간에 이 숙명을 벗어날 수 있는 생물은 없다. 왜냐하면 잠시 내 몸을 이루며 역동적인 조화 속에 한 생을 만들어준 내 몸 안의 분자들은 과거 누군가의 시체에서 비롯한 것이기 때문이다. 누군가가 죽어서 물려주지 않았다면 존재하지 않았을 나의 몸이므로, 나 역시 누군가에게 몸을 물려주어야 한다.

내가 할머니의 삶이 영원하지 않으리라는 것을 실감한 것은 우리 아이가 태어나서이다. 혜준이가 태어났고, 얼마 후에 할머니의 품에 안겼을 때 할머니는 기력이 쇠하여 외출이 어려운 상태였다. 아이가 커갈수록 할머니는 아이처럼 작아져 갔고, 아이가 활동 공간을 넓혀나가는 만큼 할머니는 태어났던 곳으로 되돌아가려는 듯 침상에서 지내는 시간이 길어졌다. 시간과 함께 변해가는 두 사람의 모습 속에서 두 사람이 함께할 수 있는 시간이 길지 않다는 것은 분명하고도 자연스러워 보였다.

죽음이란 받은 것을 되돌려 주는 과정이다. 미국의 작가 제인 로터(Jane Catherine Lotter, 1952~2013)는 자신의 부고를 시애틀 타임스에 기고하였다. 말기 자궁내막암을 진단받았던 그녀는 죽음 이후 실릴 원고를 미리 써 놓았고, 사후 신문에 기고되었다. 자신의 부고에서 그녀는 이렇게 말했다. "저는 삶이라는 선물을 받았습니다. 그리고 이제 이 선물을 돌려주고자 합니다." 받고 돌려줌을 통해 자연은 생명을 순환시킨다. 생명 세계가 멈추지 않고 유지되는 것은 자연이 죽음을 통해 삶을 순환시키기 때문이다.

이 '순환'에 대한 자각으로서 죽음에 대한 공포와 두려움을 극복한 사람이 바로 노르웨이의 화가 '에드바르드 뭉크'이다. 어릴 적부터 시작된 가족들의 죽음을 통해 그에게 죽음이란 모든 것을 앗아가는 종말이었고, 남아 있는 자들에게는 '상실 후의 슬픔'일 뿐이었다. 그를 억눌렀던 불안과 두려움은 죽음에 기인한 것이었기 때문에 피할 수 없는 것이었다. 그의 작품 〈절규〉(1893)나 〈우울〉(1895) 속에서 그의 내면의 공포를 읽을 수 있다. 그러나 뭉크의 말년의 초상화는 느낌이 다르다. 〈시계와 침대 사이〉(1943)를 보면 담담히 죽음을 받아들이는 화가의 모습이 보인다. 그림의 중앙에 서 있는 뭉크의 두 눈은 퀭하게 말라 있고, 팔다리는 기력이 쇠해 축 늘어져 있다. 그의 좌측에 있는 침대는 이제 삶의 마지막에 누워있을 공간이 될 것이고, 우측의 괘종시계는 그가 들어갈 관처럼 생겼다. 화가는 이제 할 일을 모두 마쳤다는 듯 작품들이 걸려있는 아틀리에를 배경으로 서 있다. 거장은 이제 아틀리에를 떠나 침대를 거쳐 관으로 갈 것임을 알고 있다. 이 그림을 보면 죽음에 대한 공포를 표현한 〈절규〉를 그렸던 화가라는 것이 믿어지지 않는다. 삶 내내 죽음과 질병에 대한 공포와 불안에 시달렸던 그에게 어떤 변화가 생긴 것일까? 그림으로 추측하건대 뭉크가 '삶과 죽음의 순환'을 바라보았기 때문이 아닐까 한다. 〈죽음과 처녀〉(1893)에서 보듯이, 삶은 죽음을 꼭 끌어안는다. 그리고 죽음과 에로스가 드러나는 캔

버스 중앙 옆으로는 정액이 흐르고, 정액은 아기가 된다. 그림에서 죽음은 삶의 대척점에 있지 않고, 새로운 삶을 매개하는 역할을 한다. 소녀는 죽음을 무서워하지 않는 것이 아니라 오히려 적극적으로 끌어안고 키스한다. 그리하여 새 생명은 대지 위에서 다시 자라면서 선생명의 역할을 물려받는다.

변화

삶이란 지나간 삶들의 땀과 지혜 위에서 시작하는 것이다.

삶은 무한히 반복되는 것 중 하나일까? 피었다가 지고, 또다시 피는 하나의 꽃과 같은 것일까? 매년 비슷한 모양으로 피어나는 꽃과 같이 삶도 어느 정도의 주기로 반복되는 것일까?
반복이 아니다. 무한히 반복되는 생을 살아가는 꽃이라 하더라도 올해의 꽃은 작년의 꽃과 다르다. 꽃의 피어남은 홀로 할 수 있는 것이 아니기 때문이다. 땅의 기운을 모아야 하고 하늘의 온기를 받아야 한다. 땅과 하늘은 오랜 시간에 걸쳐 만들어져 온 결과물이기에 어제의 과거와 현재가 분명히 다르다.

땅을 예를 들어보자. 꽃이 피기 위해서 땅속에 뿌리를 내릴 수 있다는 것은 지구의 역사로 볼 때 얼마 되지 않은 일이다. 지구 역사의 대부분의 시기, 육지는 용암과 바닷물이 뒤섞이며 식어버린 화강암뿐이었다. 바위를 흙으로 만들고, 뿌리가 잘 파고들고 줄기가 잘 뻗어 나갈 수 있도록 만든 것은 식물의 뿌리였다. 먼저 이끼류가 육상에 진출하고 이어서 이름 없는 잡초들이 뿌리를 내리고 그 위에 동식물들의 사체와 미생물들의 분해 작용이 이어지면서 흙이 만들어지기 시작했다. 처음에는 바람에 날아다니는 흙먼지 정도였겠지만, 생물권이 수억 년간을 노력한 끝에 지금은 평균적으로 지구엔 1m 정도의 흙이 만들어져 있다. 땅에 뿌리를 박고 있는 꽃이라면 최소 수억 년 지구 생물권의 분투 위에 서 있는 것이다. 하늘은 어떤가. 파란 하늘 밑에 걸어 다닐 수 있는 것은 수 억 년에 걸쳐 광합성 세균이 만들어낸 오존층 덕분이고, 하늘이 파란 것도 오존층의 방패 아래 번성하며 호흡하는 생물들 때문이다.

모든 생명은 관계론적 실재다. 모든 생명체는 현재를 살아가고 있는 타 생명체와 생태적 관계를 맺고 있으며, 과거를 살다간 생명들과도 밀접한 관계를 맺고 있다. 흙을 만들어낸 생명들, 산소를 만들어낸 생명들, 육지가 갈라지면 계곡과 해안을 만들어 물길을 만들고 바위를 밀어 올려 산맥을 만든 맨틀의 움직임마저도 오늘날의 생명들과 깊은 관계를 맺고 있다. 그뿐인가, 오늘날 모든 육

상식물들은 이제 중년을 넘고 있는 태양에 의존하고 있고, 태양은 자기를 탄생시킨 우주와 관계 맺고 있다. 그래서 꽃이 핀다는 것은 우주적 사건이다.

들꽃 한 송이의 개화도 이러할 진데, 인간의 삶이란 어떠할까. 함석헌은 그의 시 〈맘〉에서 인간의 마음을 꽃에 비유했다.[1] "맘은 꽃 / 골짜기 피는 난 / 썩어진 흙을 먹고 자라 / 맑은 향을 토해." 여기서 썩어진 흙은 상징적으로 문화·역사적 유산을 말한다. 모든 존재가 물리적 관계로서 자신의 생명을 유지하지만, 인간의 마음은 그것 이상이다. 인간의 인류가 쌓아왔던 정신적, 영적 유산 위에 피어나기 때문에 그 관계성은 더욱 강하게 얽혀버리고 만다. 이 땅에 태어난다는 것은 '썩어진 흙'이 없으면 불가능한 일이다. 생물학적으로는 수십억 년간 다듬어진 유전자가 '썩어진 흙'에 속하며 우리가 성장하며 겪는 국가와 문화와 지식의 세계 역시 '썩어진 흙'에 속한다. 꽃이 자신이 뿌리내리는 땅에서 벗어나지 못하듯, 한 개인의 삶도 그가 뿌리내리는 땅과 지구와 우리 우주에서 벗어나지 못한다. 삶이란 우주적 연관성 속에서 피어난 꽃이며, 그 꽃은 지나간 삶들의 몸과 지혜의 축적된 유산 속에 뿌리를 내

<hr>

1) 김경재, 〈내게 오는 자 참으로 오라〉, 2012, 책보세, 시와 해석을 참고 인용

리고 있다. 꽃 한 송이가 빨아올린 과거는 시간에 따라 달라지는 것이어서 오늘의 꽃은 작년의 꽃과 다르다.

유일함

삶들을 토해내었다가 빨아들이는 듯 우주의 모든 것은 어떤 주기로 반복되는 변화를 맞이한다. 우주 공간의 가스 구름은 서로 모이다가 별이 되고, 언젠가는 다시 우주의 먼지로 되돌아간다. 인간이면 누구나 어린이가 되었다가 청년이 되고, 장년을 거치며 노년을 맞이한다. 인간의 하루는 반복되는 주기 중 가장 짧은 단위다. 아침에 일어나서 저녁에 잠들며, 하루 세끼를 굶지 않기 위해서 노동하며, 불행한 노년을 막기 위해 젊음의 하루를 기꺼이 분투한다. 인간의 두뇌는 반복되는 자극에는 둔감해지는 본성이 있어서 반복은 언제나 우리를 매너리즘과 허무에 빠뜨리기 쉽다. 무엇보다도 반복의 끝에 그 너머를 알 수 없는 죽음이 기다린다는 사실 앞에서 허무는 '삶의 의미'를 압도해버리기도 한다. 우리의 삶이 있기까지 있었던 자연의 배려와 어떤 우주적 기다림을 인식한다고 하더라도 우리 몸의 크기는 작고 수명은 찰나여서 우린 삶의 의미를 잃고 방황하기 쉬운 것이다.

'몸은 얼마 안 가서 한 줌의 흙으로 변할 테지, 그리고 그것은 다른 생명의 몸속으로 들어가겠지'라고 생각하지만, 그건 어디까지나 몸일 뿐이다. 몸을 통해 살았던 한 인간의 이름과 관계들까지도 없어지지 않고 어디론가 순환될 수 있을까? 바람은 그럴 수 있겠지만, 정답은 우리로서는 알 수 없다. 그래서 우린 삶의 의미에 대한 질문은 미뤄놓은 채 그저 우리 앞에 쌓인 일들을 겪어내면서 살아가기 마련이다. 아마 할머니도 그랬을 것이다. 내가 하지 않으면 안 되는 일들을 하루하루 해치워 내셨다. 원하든 원하지 않든 아침은 밝아왔고, 하루 세 번은 허기가 찾아왔고, 눈에 보이는 일감들을 해결하기 위해 부지런히 움직였고, 노곤한 몸을 위로하려는지 어둠이 찾아왔다. 그리고 한계에 다다른 몸을 거두기 위해 서서히 죽음이 찾아왔다.

할머니는 몸이 소멸되기 전에 역할들을 넘겨주어야 했다. 된장과 간장은 식품 회사들에게로, 빨래는 세탁기에게로 넘겨주었다. 명절 음식은 어머니와 나의 아내, 그리고 작은어머니와 새로 오신 형수님이 하게 되었다. 김장은 이모가 함께 도와주셨고, 집안 살림은 정년퇴임을 하고 본격적인 주부가 되신 어머니에게 넘겨주었다.

그러나 할머니의 역할 중에는 넘겨줄 수 없는 것도 있었다. 아버지는 방 안에서 가만히 누워만 계신 할머니더러 정신적 지주라고 했다. 어떤 역할이 아닌 그저 살아있음 자체가 누군가에게는 '의미'가 된다. 그 '의미'가 절대적인 가치를 지니는 것은 그와 맺었던 관계가 다시는 반복될 수 없는 유일한 것이기 때문이다. 세상의 아무리 엄마들이 많아도 우리 엄마는 단 하나다. 단 하나의 관계 속에서 인간은 태반처럼 포근한 품을 알게 되었고 젖가슴으로부터 생명의 양식을 얻는다. 몸을 이루는 분자들은 순환하지만, 몸과 몸이 맺는 관계는 유일하다. 그 유일함은 '관계'들을 대체 불가능한 것이며, 물려줄 수 없는 것으로 만들어버린다.

사랑

'사랑하는 사람은 사랑의 숙주이다.'[2] 작가 이승우는 그의 책 〈사랑의 생애〉에서 사랑과 사람을 기생체와 숙주의 관계로 설명했다. 사랑이라는 것은 어떤 기생체와 같은 성질이 있어서 사람을 감염시키다. 사랑이 들어간 사람은 - 감기에 걸리면 감기 증상이 생기는 것과 같이 - 사랑의 증상이 생긴다. 아끼고 생각하고 공감하고 안아주는 등의 증상이 그것이다. 여기서의 주체는 사람이 아니라 사랑이다. 사람(숙주)이 기생체를 선택하는 것이 아니라 기생체가 특정한 사람을 선택한다. 그리하여 사랑이 들어간 사람의 변화는 어찌할 도리가 없는 불가피한 것이다. 내가 하고 싶어서 하는

---

2) 이승우, 〈사랑의 생애〉, 2017, 예담

게 아니라 사랑에 걸린 몸이라서 어쩔 수 없이 하는 것이다.

할머니가 하지 않으면 안 되는 일들을 굳이 하게 된 이유는 사랑이었다. 자녀들을 사랑해서 그들을 위해 밤낮으로 기도하고 손주들을 사랑해서 그들을 하루종일 돌보고 먹였다. '할머니니까 당연히 그랬겠지'라는 것은 사랑이 나가버린 할머니를 본 적이 없기 때문에 가능한 말이다. 그래서 상상해본다. 혹시 할머니의 몸 자체가 사랑으로 만들어진 것은 아닐까? 사랑이라는 기생체가 할머니 이전에 할머니를 이루는 기관과 조직들, 세포들, 세포를 이루는 분자들에 기생했던 것은 아닐까? 혹 이 모든 것에 영향력을 발휘하는 것이 사랑이 아닐까?

우주의 역사에서 보듯이 먼지가 모여 별이 되고 별에서 무거운 원소가 만들어지고 원소가 분자가 되고 세포가 되었다. 고대의 바닷속에서 세포는 세포들과 함께 있고 싶어 다세포생물을 만들었고, 그렇게 등장한 몸은 끊임없이 사랑하며 개체를 늘렸다. 소나무와 은행나무는 바람을 통해 서로 사랑했고, 속씨식물은 곤충을 매개로 사랑해야 했기에, 곤충을 유혹하기 위해 예쁘고 맑은 향이 나는 꽃을 탄생시켰다.

이 과정에 뭔가 개입되었다면 '사랑'이라고 밖에 말할 것이 없어 보인다. 사랑이 아니면 이 모든 물질들이 그저 있는 그대로 있고

자 하는 관성에서 벗어날 수 있었을까? 무질서해지려고 하는 우주적 관성을 극복하는 일련의 과정들이 가능했을까? 더불어 어떤 새로움이 출현할 수 있었을까? 혹시 우주가 사랑에 감염된 것은 아닐까?